陈幼民 著

崖畔上开花

浊酒一杯家万里，
燕然未勒归无计。

WUHAN UNIVERSITY PRESS
武汉大学出版社

图书在版编目(CIP)数据

崖畔上开花/陈幼民著．—武汉：武汉大学出版社，2012.9
黄土地之歌
ISBN 978-7-307-09363-8

Ⅰ.崖…　Ⅱ.陈…　Ⅲ.回忆录—作品集—中国—当代　Ⅳ.I251

中国版本图书馆 CIP 数据核字(2012)第 208476 号

责任编辑：张　璇　　责任校对：黄添生　　版式设计：马　佳

出版发行：**武汉大学出版社**　(430072　武昌　珞珈山)
(电子邮件：cbs22@ whu. edu. cn 网址：www. wdp. com. cn)
印刷：武汉中科兴业印务有限公司
开本：880×1230　1/32　印张：6.25　字数：140 千字
版次：2012 年 9 月第 1 版　　2012 年 9 月第 1 次印刷
ISBN 978-7-307-09363-8/I·600　　定价：25.00 元

编　委　会

总　序

叶　辛

40 多年前，中国的大地上发生了一场波澜壮阔的知识青年上山下乡运动。“波澜壮阔”四个字，不是我特意选用的形容词，而是当年的习惯说法，广播里这么说，报纸的通栏大标题里这么写。知识青年上山下乡，当年还是毛泽东主席的伟大战略部署，是培养和造就千百万无产阶级革命事业接班人的百年大计，千年大计，万年大计。

这一说法，也不是我今天的特意强调，而是天天在我们耳边一再重复宣传的话，以至于老知青们今天聚在一起，讲起当年的话语，忆起当年的情形，唱起当年的歌，仍然会气氛热烈，情绪激烈，有说不完的话。

说“波澜壮阔”，还因为就是在“知识青年到农村去，接受贫下中农的再教育，很有必要”的指示和召唤之下，1600 多万大中城市毕业的知识青年，上山下乡，奔赴农村，奔赴边疆，奔赴草原、渔村、山乡、海岛，在大山深处，在戈壁荒原，在兵团、北大荒和西双版纳，开始了这一代人艰辛、平凡而又非凡的人生。

讲完这一段话，我还要作一番解释。首先，我们习惯上讲，中国上山下乡的知识青年，有 1700 万，我为什么用了 1600 万这个数字。其实，1700 万这个数字，是国务院知青办的权威统计，应该没有错。但是这个统计，是从 1955 年有知青下乡这件事开始算起的。研究中国知青史的中外专家都知道，从 1955 年到 1966 年“文革”初始，十多年的时间里，全国有100多万知青下乡，全国人民所熟知的一些知青先行者，都在这个阶段涌现出来，宣传开去。而发展到“文革”期间，特别是1968年12月21日夜间，毛主席的最新最高指示发表，知识青年上山下乡，掀起了一个前所未有的高潮。那个年头，毛主席的话，一句顶一万句；毛主席的指示，理解的要执行，不理解的也要执行，且落实毛主席的最新指示，要“不过夜”。于是乎全国城乡迅疾地行动起来，在随后的10年时间里，有1600万知青上山下乡。而在此之前，知识青年下乡去，习惯的说法是下乡上山。我最初到贵州山乡插队落户时，发给我们每个知青点集体户的那本小小的刊物，刊名也是《下乡上山》。在大规模的知青下乡形成波澜壮阔之势时，才逐渐规范成“上山下乡”的统一说法。

我还要说明的是，1700万知青上山下乡的数字，是国务院知青办根据大中城市上山下乡的实际数字统计的，比较准确。但是这个数字仍然是有争议的。

为什么呢？

因为国务院知青办统计的是大中城市上山下乡知青的数字，没有统计千百万回乡知青的数字。回乡知青，也被叫作本乡本土的知青，他们在县城中学读书，或者在县城下面的区、城镇、公社的中学读书，如果没有文化大革命，他们读到初中毕业，照样可以考高中；他们读到高中毕业，照样可以报考全国各地所有的大学，就像今天的情形一样，不会因为他们毕业于区级中学、县级中学不允许他们报考北大、清华、复旦、交大、武大、南大。只要成绩好，名牌大学照样录取他们。但是在上山下乡“一片红”的大形势之下，大中城市的毕业生都要汇入上山下乡的洪流，本乡本土的毕业生理所当然地也要回到自己的乡村里去。他们的回归对政府和国家来说，比较简单，就是回到自己出生的村寨上去，回到父母身边去，那里本来就是他们的家。学校和政府不需要为他们支付安置费，也不需要为他们安排交通，只要对他们说，大学停办了，你们毕业以后回到乡村，也像你们的父母一样参加农业劳动，自食其力。千千万万本乡本土的知青就这样回到了他们生于斯、长于斯的乡村里。他们的名字叫“回乡知青”，也是名副其实的知青。

而大中城市的上山下乡知青，和他们就不一样了。他们要离开从小生活的城市，迁出城市户口，注销粮油关系，而学校、政府、国家还要负责把他们送到农村这一“广阔天地”中去。离开城市去往乡村，要坐火车，要坐长途公共汽车，要坐轮船，像北京、上海、天津、广州、武汉、长沙的知青，有的往北去到“反修前哨”的黑龙江、内蒙古、新疆，有的往南到海南、西双版纳，路途相当遥远，所有知青的交通费用，都由国家和政府负担。而每一个插队到村庄、寨子里去的知青，还要为他们拨付安置费，下乡第一年的粮食和生活补贴。所有这一切必须要核对准确，做出计划和安排，国务院知青办统计离开大中城市上山下乡知青的人数，还是有其依据的。

其实我郑重其事写下的这一切，每一个回乡知青当年都是十分明白的。在我插队落户的公社里，我就经常遇到县中、区中毕业的回乡知青，他们和远方来的贵阳知青、上海知青的关系也都很好。

但是现在他们有想法了，他们说：我们也是知青呀！回乡知青怎么就不能算知青呢？不少人觉得他们的想法有道理。于是乎，关于中国知青总人数的说法，又有了新的版本，有的说是2000万，有的说是2400万，也有说3000万的。

看看，对于我们这些过来人来说，一个十分简单的统计数字，就要结合当年的时代背景、具体政策，费好多笔墨才能讲明白。而知识青年上山下乡运动中，还有多多少少类似的情形啊，诸如兵团知青、国营农场知青、插队知青、病退、顶替、老三届、工农兵大学生，等等等等，对于这些显而易见的字眼，今天的年轻一代，已经看不甚明白了。我就经常会碰到今天的中学生向我提出的种种问题：凭啥你们上山下乡一代人要称“老三届”？比你们早读书的人还多着呢，他们不是比你们更老吗？嗳，你们怎么那样笨，让你们下乡，你们完全可以不去啊，还非要争着去，那是你们活该……

有的问题我还能解答，有的问题我除了苦笑，一时间都无从答起。

从这个意义上来说，武汉大学出版社推出反映知青生活的“黄土地之歌”、“红土地之歌”和“黑土地之歌”系列作品这一大型项目，实在是一件大好事。既利于经历过那一时代的知青们回顾以往，理清脉络；又利于今天的年轻一代，懂得和理解他们的上一代人经历了一段什么样的岁月；还给历史留下了一份真切的记忆。

对于知青来说，无论你当年下放在哪个地方，无论你在乡间待过多长时间，无论你如今是取得了很大业绩还是默默无闻，从那一时期起，我们就有了一个共同的称呼：知青。这是时代给我们留下的抹不去的印记。

历史的巨轮带着我们来到了2012年，转眼间，距离那段已逝的岁月已40多年了。40多年啊，遗憾也好，感慨也罢，青春无悔也好，不堪回首也罢，我们已经无能为力了。

我们所拥有的只是我们人生的过程，40多年里的某年、某月、某一天，或将永久地铭记在我们的心中。

风雨如磐见真情，

岁月蹉跎志犹存。

正如出版者所言：1700万知青平凡而又非凡的人生，虽谈不上“感天动地”，但也是共和国同时代人的成长史。事是史之体，人是史之魂。1700万知青的成长史也是新中国历史的一部分，不可遗忘，不可断裂，亟求正确定位，给生者或者死者以安慰，给昨天、今天和明天一个交待。

是为序。

目　　录

崖畔上开花

我会的那些陕北民歌，大多是在山里跟老乡们学的。说是“学”会的，也不十分准确，因为没人专门为你唱，也没人刻意教你。在高原上人们唱歌，是不用找理由的，只要心里想了，歌就随口而出，不管有没有人听见。

我们刚到村里时，和老乡还不熟悉，在一起干活，大家都是闷闷的。当我们可以称兄道弟时，我才发现，陕北人的生活中，是根本离不开歌的。在掏地的山坡上，拦羊的崖畔上，赶牲灵的路上，打谷的场上，经常可以听到悠扬的“信天游”。

陕北多是山地，人们在耕作时，不会像平原上的人那样排成水平的一行，而是沿山坡斜着摆上去。有时领头的把式还在沟畔，后边的人已经站到了高高的峁尖。这时领头的突然唱起歌来，一个一个地传过去，站在山头的人，就把歌唱到了天上。劳作的黄土梁，顿时变成了一个歌场，不管是年轻后生，还是白胡子老汉，聪明能干的，还是平日里憨憨不言语的，随着老镢的起落，毫无顾忌地大声唱着。泥土在歌声中一块块地翻开，播下谷种的同时，也播下了歌的种子。

见天价这样听着，不知从什么时候起，发觉自己也都会了，禁不住张开口，随着大家一起吼起来。只有在这一刻，才会觉得自己的精神和肉体真正融入了这片土地，《三十里铺》、《蓝花花》、《走西口》……一首首的民歌就这样留在了心里，一生都不会忘记。

最初学会的《走西口》是这样唱道：

正月里娶过奴，
二月里走西口。
提起哥哥走西口，
小妹妹泪长流。

哥哥你走西口，
小妹妹不丢手，
有两句知心的话，
哥哥你记心头。

走路你走大路，
万不要走小路，
大路上人儿多，
拉话解忧愁……

歌曲旋律简单，好听易学，歌词很长，我们能记住的也就是前边的几段。这是一个青年女子对亲人的思念和牵挂，曲调婉转而忧伤，几乎每个陕北的受苦人都会唱，但人们记不清这些歌产生的年代，也不知道它的原创者是谁。

我不必重复《走西口》的故事，只是，当唱着这些民歌时，我常会有一种很奇特的感觉，正像《弯弯的月亮》里唱的："今天的村庄，还唱着古老的歌谣。"心理上的反差使人恍惚，不知今夕何夕。

被《大海航行靠舵手》送到陕北的我们，就这样一下子进入了"信天游"的世界，耳边听的从"'文化大革命'就是好"变成了"手提上羊肉怀里揣上糕，拼上个性命往哥哥家里跑"。仿佛穿越了时空，触摸到久远岁月斑驳的痕迹。也难怪，那时的陕北，既是现代的，又是古代的，村庄的样子，和几十年前没什么区别，除了墙上多了几条"农业学大寨"的标语，生产方式和生活方式依然如故，正像陕北的方言，还保留着许多的古语，依旧在百姓中间流传。那些古老的民歌，仍活在老乡们嘴边，一张口就跨了百年：

"红绣鞋金莲子好像两盏灯，蓝花花穿上了扰乱年轻人。"

光棍儿们爱唱：

"乾隆四十年事事不周全，什么人留下我单身汉。"

在祈雨的时候人们唱：

“老龙王，早下咧，早下大雨救万民。”

想起闹红时人们唱：

“骑白马，挎洋枪，三哥哥吃了八路军的粮。”

不经意间，我们在这种特殊的历史条件下，却见到了仍然鲜活的传统文化，这是一种十分矛盾而又宝贵的经历，和现在那些扛着摄像机满处寻找“原生态”的人不同，我们的生活本身就是原生态。我不知道这种经历对别人来讲有无好处，但对于日后从事艺术工作的我，却有着十分重要的意义。虽然我的专业不是诗歌和音乐，但是这些民歌，却让我更深刻地认识了这块土地和这块土地上的百姓。也许，了解一个地区的历史与文化，从民歌入手，恰是一个捷径。相较于文字史书的记载，陕北的文化，更多的存在于民间的口头流传上，那些古老的歌谣，经过几代人的锤炼和传唱，饱经风霜，加泥带土，耐人寻味，不仅让我知道了过去的人和事，还因它见景生情长于比兴的手法，和凝重凄婉的风格，深刻地影响了我的历史观和审美情趣。现在搬到舞台上的原生态，依然是传媒人选择改造后的结果，离开了它的生存环境，往往失了原味，而我却能从最本源的地方，感受到它的魅力，这也许就是插队生活给予我的最大馈赠吧！

我之所以醉心于民歌，是因为民歌大多有好听的旋律。和现在的许多歌曲是靠歌词和吉利话来吸引观众不同，我听民歌的时候，往往还没弄懂唱的是什么，就已经被它的旋律迷住了。有时，在一个早春的晌午，我躺在阳坡上歇息，草帽往脸上一扣，任阳光暖暖地照着全身，山风缓缓地吹过来，四野显得格外宁静。就在半梦半醒间，歌声隐隐传来。它随着风忽忽悠悠地飘过来，一会儿强，一会儿弱，我睡意顿消，抬眼望去，隐约见对面的屹梁梁上有人在耕地，听不清他在唱什么，只觉得这曲调饱含着忧伤，高亢而凄惶，长长的拖腔在空旷的山野中久久地回旋游荡。我愣愣地听着，心也随着飞了起来，身上竟生出一丝凉意。三月的高原，到处裸露着灰褐色的干土，崖畔上衰草枯黄，见不到一丝的绿色。在这天地之间，因这歌声，我年轻的心中，第一次体味到了什么叫悲凉。

民歌的旋律就有这样的魔力，只用几个小节，就能把你带入某种意境，像陕北的《蓝花花》，云南的《小河淌水》，内蒙古的《送亲歌》，青海的《下四川》，还有五朵梅给王洛宾唱的《眼泪的花儿》，等等。我很难说清初听时的感受，只觉得那些旋律超出了你的一切生活感悟和想象，将固有的概念和偏见打得粉碎，它迅速占领你心灵的每一个空间，你会张口结舌，被它牵着，不知跑到了什么地方。它将草原的悠远，山野的荒凉，离别的痛苦，旅途的孤独，人心的惆怅，都浓缩在小小的音符里边，就像那花儿的泪珠，把人的心都淹了。我曾听过一位陕北的歌手唱《光棍哭妻》，刚开始是唱，后来是哭，最后唱到“孩儿的妈妈呀”时成了嚎，分不清唱腔和哭腔，歌者直唱得泪流满面，听的人也无不动容。我想这旋律是用心和着血泪唱出来的，若非人苦到了极致，思念和期盼到了极致，情感积聚到了极致，是唱不出这样的歌来的。

站在荒凉的塬畔，望着层层叠叠群山后面的落日，一种苍凉之感油然而生，这时候，还有什么比“瞭得见村村瞭不见人，泪蛋蛋洒在沙蒿蒿林”更能表达你的心情呢？我曾多次住在陕蒙道上的小旅店中，在昏黄的油灯下，我耳边响起的，是“城头上跑马”的旋律，荒凉的古道，陌生的环境，这歌声，从你的心中一丝一丝地抽出惆怅与孤独，难怪马思聪要把它演变成《思乡曲》的主题。

寻找记录民歌的旋律，为我的插队生活带来了一种特殊的乐趣，我就像个饥饿的人在搜寻食物一样，不放过传到耳朵里的任何调调，这首刚学会，就盼着下一曲。

有一天早上，推开窑门只见满山大雾，一个个山头隐隐的就像海里的孤岛，扛着锄头走在山路上，雾把头发都上了霜，眼前是模模糊糊的一片。就在这时，忽然听见有人在唱小曲，那声音从雾里出来，带着潮气，断断续续，湿润了耳朵。我急忙向前追去，却是只闻其声不见其人，被它牵着在山路上转。追了半天，好歹把曲子给记了个大概，他是这样唱着：

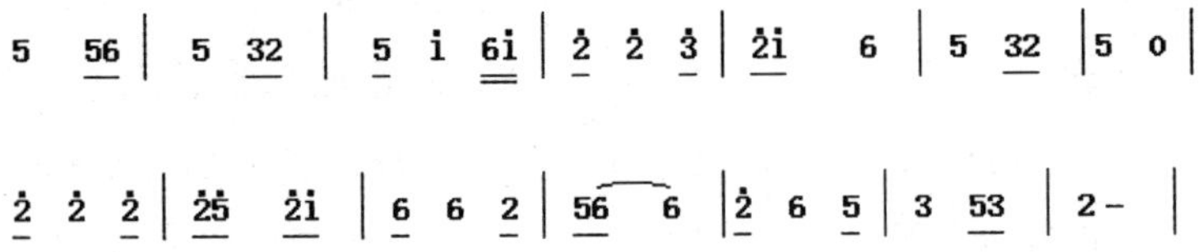

记住了歌，却迷了路，待大雾散去，我才发觉，已越过要锄草的玉米地几个山头了。整个上午，我都在心里默念着这首曲子，直到把

它完整地回忆出来。

我曾揣着一瓶白酒，钻到一个姓解的老汉窑里，哄着他唱歌，那老汉精瘦，面色黝黑，脸上的皱纹像刀刻似的。几杯酒下肚，他没了拘束，张口便唱：“东山上点灯西山上明，四十里山路瞭也瞭不见个人。”陕北人唱歌惯用假嗓，声音高亢透亮，老解老了，便带了些沙哑出来，仿佛古树枯枝被风吹着，更显得苍劲有味道。曲调是这样的：

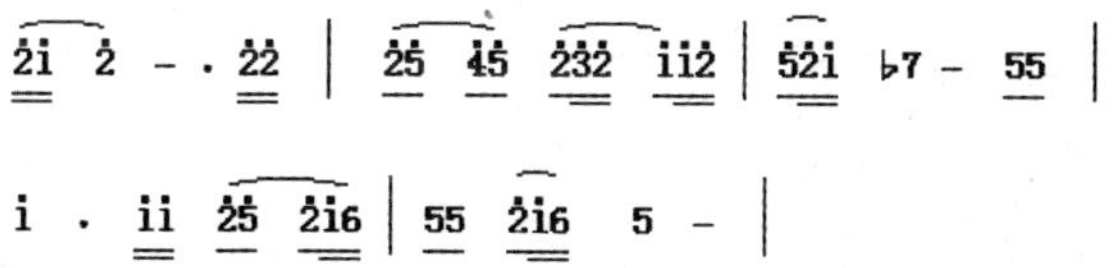

老解灌了酒，有点刹不住车了，他盘腿坐在炕上，对着跳动的油灯，也不理我，自顾一首接一首地唱着，就像我并不存在。有些歌我也听过，但由老解唱出来，就变得古老了许多，好似铜器上带了锈。那一夜，也不知道老解唱了多少首，歌和酒把人都灌醉了。

我很惊异，这些旋律的歌者，都是普普通通的受苦人，他们不认识“哆、唻、咪”，更不懂得什么叫和弦与调式，但他们唱出的曲调，却令专业工作者感到震撼。虽然许多创作歌曲也有好听的旋律，但多数总在人的意料之内，你若听到有些歌很有特色，细一打听，那旋律也是由民间曲调演变而来。和专家们的写作不同，“信天游”大多是歌者在山野之中哼唱出来的，有感而发自不必说，你若往陕北山头上一站，对于那些旋律的产生也能体会出一二。古塬的顶上是平的，远眺可达百里之遥；条条陡峭的深壑，又将其割裂得支离破碎；数不尽的山梁，层层叠叠，波澜起伏。所以这歌声，既幽远悠长，又跌宕起伏，高能碰上白云，低能触到谷底，婉转得好似山间的小路，绕过了一坡又一梁。就这样，几年下来，我收集了几十首民歌。虽然陕北劳作辛苦，知青命运未卜，但有了“信天游”的陪伴，我在生活中还是感到了温馨和快乐。

很难想象，陕北如果没有歌将会怎样，受苦人一年四季在山上忙活，一把老镢，同一个动作，得重复几个月；赶牲灵的人，走着望不见边的长路，身旁就是一群哑巴牲口；守在家里的婆姨，抱着枕头盼五更，若没有了歌，恐怕人会闷得发疯。

贫苦的生活，并没有把人压成闷葫芦，相反，他们对美好生活的期盼，对情感的追求，压抑在心底的欲望，在歌里都变成了赤裸裸的表达：

“听见哥哥唱着来，热身子扑在冷窗台。”

“听见哥哥脚步响，一舌头舔破了两扇窗。”

“一对对沙鸽朝南飞，泼上奴命跟你睡。”

“墙头上跑马还嫌低，面对面睡觉还想你。”

这种直白和率真，就像被个婆姨直扑到身上，带给你惊奇和欣喜。有人说，正是由于现实与理想之间的强烈反差，激发了人们的想象和幻觉，才使民歌有了如此动人的旋律和真情的表露。

生活不总是重复的，到了正月里，人们的情感释放就达到了高峰，闹秧歌，踢场子，踩高跷，跑旱船，你会觉得，那时的陕北人好像换了一副模样，平日里也没见他们咋排练，可只要一踩上锣鼓点，人就变得活跃起来，左摇右摆，且歌且舞，那数不清的秧歌套路，把人看得眼花缭乱。

我曾经跟过这样一只秧歌队，那是路过黄河边高山顶上的一个村子，偶然碰上的。“正月里闹元宵”，村民们组织了秧歌队，准备到各家各户去拜年，可这是怎样的一支秧歌队呀，没有漂亮的彩衣，没有鲜艳的彩旗，鼓皮上缝着大补丁，锣和镲裂着口子，孩子们的脸上用红药水涂了两团，猛一看像小丑，那些成年的汉子们穿着平日劳作时的旧棉衣裤，只在腰里系了条撕扯开的旧被面做腰带，这样简陋的装备并没有消减人们的热情，孩子们蹦蹦跳跳，锣鼓唢呐依旧吵翻了天，家家户户开了院门，摆上烟酒瓜子，等待秧歌队的到来。伞头根据各家的情况，现场编词，为主人送去新春的祝福，众人和着，把小院舞得开了花。

舞了半晌，秧歌队来到一片空场喝水歇息，却见几个汉子好像还没有尽兴，要相互比试舞技，三四个人拉开了场子，边唱边扭，和我们通常见到的刚劲的舞风不同，这些粗犷的汉子，此刻的舞步轻盈柔美，还带着一丝俏皮，歌声咿咿呀呀的也显得缠绵，他们旁若无人地跳着，却把一边的我看呆了。谁能想到，这些农家汉子，平日里操着笨重的劳动工具在土地和庄稼上拼尽全力的身板，竟然还能舞动出如此美妙的姿态。破旧的衣衫，饱经风霜的面孔，粗糙的双手，与这舞姿形成强烈的反差，却有了更加动人心魄的效果。

我看着他们，心头升起一种难以抑制的感动，眼睛竟湿润了。那时我已离开农村，重新成为一个城里人，再回陕北，不自觉地有点居高临下的感觉。我知道现时城里人的生活水平和陕北有着怎样的差距，对于他们的快乐，甚至怀有一丝悲悯和疑问，如果他们知道了外面的世界，知道自己还在贫困线上挣扎，还会这样开心吗？可这震撼人心的舞蹈，却分明告诉我，谁说贫穷地区的人们，就只能表现得卑微与木讷。快乐其实在每一个人的心里，这是天赋，如果不能享受到它，就失去了人性中最宝贵的东西。陕北人自古就有一种自嘲自乐的品质，在悲伤的时候也不放弃欢乐。也许正因为贫困，人们追求美好生活的欲望才更加强烈，才对这欢乐格外珍惜。和能够“雌了男儿”的江南小调不同，陕北民歌的基调是苍凉悲婉的，但并不绝望，人们表达苦难也是用最优美的旋律，“信天游”中那野辣辣的情感，燃着世世代代受苦人希望的火光，正像他们在歌中唱的：

“崖畔上开花崖畔上红，受苦人盼望着好光景。”

剪纸婆姨

老郭元的母亲去世了，她是村里辈分最大的女人。

她在半年前就病了，刚开始时，还能在窑洞前的太阳地里坐坐，后来就不见了踪影。询问病情，家里人说是胃里难活，吃不下东西。农村里无医无药，就那么抗着，直到把人给抗没了。

她去世的那天夜里，我们几个知青还在熟睡，身边的同伴突然把我捅醒，他说，幼民，你听！我于是听到了我一生中感觉最恐怖的声音。

像一阵阴风呼啸着掠过山顶，在村庄上空盘绕；像群狼一样的哀鸣，尖利得撕裂了夜空，那是从人的喉咙里发出的不似人声的嚎叫，随着风，清楚地送进了每一个窑洞的窗户，听得我心惊胆战，不禁用被子蒙上了头。

后来我才知道，这是当地的风俗，在人咽气的那一刻，家里人要走出窑门，沿着山路，走到村里最高的地方，呼喊他的名字，将他的灵魂送往遥远的西天。

老太太儿孙满堂，直系的旁系的加起来近百十口子人，一同放声，在寂静的夜晚，蓦地响起这凄厉的哭喊，直叫人毛骨悚然，仿佛冥间和尘世在此刻重合了，茫茫的夜色变成了地狱之门。

第二天一早起来，这村庄好像变了个模样，没有了人们上工的吆喝，没有了牲口出圈的嘈杂，甚至连鸡狗都不曾发出声响，冷清得就像被冻结了一样。

老太太的儿子们头系孝带，在村口向每一个过往的人跪拜磕头，这也是葬俗中的一项，孝子们代表亡者，这一拜，便了结了世间所有的恩怨，让远行者无所挂牵。虽然我们也知道这个规矩，但看到白发苍苍的老汉在我们晚辈面前下跪，还是被弄得手足无措。

知青是外来人，可我同样感到了悲伤，这不仅缘于和老乡的情分，还因为老太太对我有很大的恩惠。

陕北的女人在村里多半没有名字，郭元的爹叫长茂，老太太嫁到村里来时，就被叫做长茂婆姨，后来变成了郭元妈，再后来就被叫成了奶。我从她孙女那儿打听到，其实，老太太曾有一个好听的名字，叫杏儿。

杏儿不是本地人，很久以前，她是随着家人逃荒到这个地方的。陕北这个地方，称北边叫上头，往南，叫下头。杏儿的老家，听说是在上头的黄河边，具体地点，已经无人知道，反正很远就是了。杏儿的家人把她留在了这里，又继续南下了，杏儿就成了一个没有娘家的女人。

那是一个蓝花花的年代，女人们的命运大多很悲苦。杏儿独自在陌生的土地上生活，一定有许多不为人知的难处。但杏儿还是幸运的，她并没有因为失去娘家人的庇护而受到欺负，这一是因为长茂为人忠厚老实，二是因为杏儿能干。

我们村位于延河北岸，闹红的时候，是根据地的边儿，对面当时是白区，这儿就成了来回拉锯的地方。长茂在区上工作，敌人一过来就撤到北边去了，家里的事儿就全都丢给了杏儿。杏儿上有公婆，下有几个小叔子，再加上自己生的孩子，一大家子人的吃喝穿用，全靠她一个人来张罗。

杏儿麻利，再多的活儿也难不倒她，洗衣做饭，推碾子磨面，带孩子伺候老人，里里外外一把手。我听秀儿说，她奶背着小娃，领着大娃，照样吆喝牲口拉磨，一会儿簸，一会儿扫，抽空还能给娃娃喂口奶，干完了收拾回窑，磨盘上干净得连个谷碴都剩不下。

那时陕北人穿衣，全得靠婆姨们纺线织布，杏儿一家人口多，棉花少，远远不够用，杏儿就想出了换工的办法。她向宽裕的人家借来棉花，织成布，自家留一半，还给人家一半。杏儿织布又快又好，平整紧实，所以，许多人家都乐意与她换工，每年棉花收获的时节，杏儿都要忙碌一阵。虽然是土布衣衫，可经杏儿手一缝连，全家人在村里，也是体体面面，整整齐齐。村里其他家的婆婆如果嫌儿媳妇手笨，总会说，你看看人家杏儿的针脚！知道老戏的人都夸长茂是董永，把个七仙女弄回家来做婆姨。

杏儿一共生了五个儿子，长大后个个是劳动好手，人也都忠厚老实，在村里颇有威望。他们家虽不算富裕，但有了杏儿的勤俭持家，倒也吃穿不缺，平安度日。到了土改的时候，就给定了个中农。不像村里的另一家，贩牲口把家底都输光了，倒落了个贫农。长茂和杏儿并不在乎这些，靠自己双手挣饭吃，心安理得，管它成分是什么。

我插队到村里的时候，老太太已经不太干活了，只是看着媳妇们忙里忙外，顶多说上两句，就不再言语。她虽然年近七旬，可腰板还是直直的，面庞清瘦，皱纹细细的，爬满了全脸。但从眉眼的结构可以隐约看出，她年轻时，应该是个俊俏的婆姨。

有一天，我到郭元家去吃饭，家常饭也没有什么好说的，我却一眼就看上了他窑洞窗子上贴的窗花。春节时贴的窗纸，过了大半年的时间，早让烟熏得黑乎乎的，满是窟窿，窗花也被风雨褪掉了颜色，淡淡的只显出些影子。但这模模糊糊的窗花，却引起了我极大的兴趣。我问郭元，这窗花是谁剪的，郭元说，是俄妈冒铰下的，你还能看下？

陕北虽然剪纸出名，但并不是人人都会剪，我们村那么多户，就没有一家贴窗花的。所以在郭元家里看到，多少让我感到意外。陕北民歌里唱道："生女子要巧的，石榴牡丹冒铰的。"会剪窗花的女子，个个是人尖尖，看来郭元妈也不是个等闲人物。我喝着小米粥，心里却在盘算着把这些窗花弄到手，谁叫咱自小学画，就喜欢这些东西呢。

第二天，我就跑到公社的供销社，买了几十张麻纸，拿到郭元家，要给他们换窗纸。老郭元一定认为我脑子有毛病了，不年不节的，竟然自己掏钱给他家糊窗户。陕北人一年才换一次窗户纸，这下提前过年了，只是不知为什么，当看到我把烂窗纸卷起来拿走时才恍然大悟。老郭元骂我道，你这娃，想要窗花揭走就是了，还破费买什么纸！老太太很高兴，可能从来也没有人这么看重她的剪纸。

回到自家窑里，我小心翼翼地揭下已经有些残破的窗花，一共十六枚，这些窗花的纸很薄，也很软，不少地方已经折损，我把它们一点点展平，夹在笔记本里，放进了箱子，这是我的第一笔收藏。

又过了些日子，老太太的孙女秀儿找到我，她红着脸吭吭哧哧说了半天我才明白，老太太前几年跟人借了二十张报纸，却总也还不上，近日人家又来催，秀儿怕老太太急出病来，就让我给想想办法。

陕北地方穷，那时是自给自足的小农经济，要说生活中的其他物品可以自己生产，但报纸却是造不来的。庄户人要是得了几张报纸，也金贵得什么似的，除了婆姨们铰鞋样子，就是糊在墙上，当炕围子。你若到农民家里，有时能发现十几年前的报纸，还好端端地贴在墙上，恍如隔世。这二十张报纸，等于老太太欠了人家一笔不小的债，难怪她着急。

老太太难，咱知青可不难，我满口把这事给应承下来。正好几天以后，我被抽调到县上参加农业学大寨宣讲团，利用这个机会，我把县办公室搜了一个遍，攒了几十张报纸，藏在行李里。活动结束那天，我又在县供销社买了几张红纸，一起带回了村。

秀儿见我拿回这么多纸，高兴得脸上放光，替老太太还债不说，还能把窑洞好好地装饰一下，可陕北人不白拿人家东西，秀儿问我要多少钱。这报纸也不是我买来的，怎能要人家钱？我和秀儿商量道，这几张红纸请你奶铰成窗花，你留一半，给我一半，行不？也别让你奶着急，有空就剪上几张，别当个事儿，甭累着。秀儿满口答应，夹了纸，一溜烟儿地跑了。

我不知道我的做法是否太过心计，有点“乘人之危”的味道，其实，这也是从杏儿当年“换工”学来的。只不过，在秀儿她们眼里，这办法很是公平合理，而我，却用一堆不值钱的旧报纸换得了无价之宝，心里总有一点歉疚的感觉。

有了这种感觉，我便不敢到郭元家去了，见了秀儿也躲着走，免得再说起这事。其实我特别想亲眼看着老太太铰，可要是上门，不就成了讨债的了吗。

过了几个月，秀儿把一大摞剪纸交给了我。到今天还记得，捧着这一大摞剪纸，我兴奋得手直发抖。我趴在炕上，把剪纸一张张地铺开，仔细地端详。这些用好红纸剪成的窗花，比我从她家窗户上揭下的还要大，也复杂得多。虽然我当时只是一个在少年宫学过画的知青，但仅有的美术知识已经让我意识到，这是一批难得的好东西。

真是不能小看黄土高原上的女人，别以为她们平日里只会做饭奶娃，女人们在男人面前不多说话，却能把世间种种，都看在眼里，记在心上。一旦剪刀在手，她们丰富多彩的内心世界就会化作鲜活的艺术形象源源不断地涌出来。

摘棉花，纺线线，挖苦菜，赶牲灵，担水，喂猪，推磨，拦羊，这些受苦人家普普通通的生活，在老太太的剪刀下，就变成了一幅幅动人的图画。说来惭愧，虽然也是学画的出身，这些每天见惯了的生活场景，我就从未想到将它们入画，而且还能被描绘得如此生动有趣。

女人的剪纸，带着她们特有的母性，老太太剪了很多的娃娃、有抓髻娃娃、莲花娃娃、石榴娃娃、蝴蝶娃娃。不仅如此，就连狮子老虎，也是胖乎乎的，摇头摆尾，憨态可掬，没了百兽之王的凶猛，倒也像个娃娃。其中，有一幅“小牛吃奶”我特别喜欢，那个大牛回过头来，望着拱在它身下的小牛，虽然只有简约的几根线条，却能把

“舐犊之情”表现得淋漓尽致。还有的剪纸，把小牛就刻在母牛的肚子里，我想，也许只有女人，才能把孕育生命的渴望，附着在万物之上，使剪纸成为了母亲的艺术。

女人爱美，想象力也是无边的，现实贫苦的生活，可能抑制了她们的许多欲望，但在剪纸中，她们却能为所欲为，想怎么剪就怎么剪。那些寻常的猪马牛羊，身上都用花来做装饰。尤其是一幅“鸡戏牡丹”，老太太干脆把鸡的尾巴，剪成了一朵盛开的牡丹花，花和鸡巧妙地融为一体，如此大胆的处理，真叫我赞叹不已。

老太太穿针引线能缝出细密针脚的手，在铰花的时候，却显得大气古拙，能够看出，她下剪时，没有犹豫，有些线条并不圆润，如石刻般的有力度，那些动物的外轮廓简洁整体，大起大落，而眉眼鼻口，寥寥数剪，却能传神，疏密有度，收放自如，显出大家手笔。

剪纸里还蕴涵着我至今也弄不明白的秘密，那个坐着莲花的抓髻娃娃，竟然与商周时代的佩饰造型如出一辙，有专家说，这是黄帝氏族部落图腾的演变。那条穿梭在莲叶间的鱼，与半坡陶器上的鱼纹极其相似。那浑厚天真的造型风格，又酷似汉代的画像石。当然，这都是日后我对秀儿奶剪纸的再认识。可问题是，她没有读过书，身边也没有传给她技艺的人，那些远古文化的象征符号，怎么就会跑到了她的剪纸里，是偶然的巧合，还是她的血脉里就藏着一种神秘的基因呢。

大约半年之后，杏儿，长茂婆姨，郭元妈，秀儿奶，这个有着多种称呼的女人去世了，从此，我们村里再没有了会剪纸的婆姨。

不久，我也带着老太太的绝笔，离开了这个村子。

对于她的记忆，总是被一种神秘的色彩笼罩着。人们说不清她来自何方，遥远的黄河边也许只是一种象征。她就像是神话中偶落凡间的天女，为牛郎纺纱织布，生儿育女，情缘尽了，又返回了云天。要不然，怎么能解释，从不识字的她，在周围没有一个人会剪纸的环境下，竟然能创作出那么多奇特的作品，从中还传递出远古的信息，莫非她的心灵中，始终在与什么地方相通吗？

那些剪纸，我一直珍藏着，虽然仍不能破解它的密码，但我知道，这是陕北生活给予我最珍贵的礼物。

夜深一盏灯

在我插队的时候，陕北农村基本上还是一个自给自足的社会，吃穿用品，大部分靠自己生产。但有两样东西，是必须向公家购买的，一是火柴，二是煤油。我印象中，几乎所有的乡村供销社里都弥漫着一种奇怪的气味儿，似乎成了它的无形标志。我琢磨，这是煤油、火柴和醋混成的味道。凭着它，人们毫不费力便可寻到供销社的所在。

城里人生活中不大用得着煤油，照明有电灯。油灯的种类很多，老乡们用的，多半是用墨水瓶自制的简易型，瓶盖上钻个洞，插上个棉线捻子，就算齐活。下边托个木架子，移动方便。这灯省油但不亮。我们用的油灯是买来的，玻璃制作，油仓和底座铸成一体，沉甸甸的。灯头是金属的，安上灯捻，有一个旋钮，可调亮度。上插一个鼓肚的灯罩，点起来，虽远不及电灯，但在小窑洞里，也足以看清人的面目。这灯光黄黄的，悠悠地闪着，尤其在冬夜，看到它，就感觉到一丝温暖。

知青们煤油的消耗量是很大的，远远超过老乡。一是点灯的时间长，二是亮度高。知青们不习惯夜晚的黑暗，总是把灯拨得亮亮的。知青们也睡得晚，不像老乡那样，放下饭碗就钻被窝。我们吃罢了晚饭，盘腿坐在炕上，围着油灯，侃大山，看书，非要折腾到夜深人静之时，才肯休息。所以，每隔三五天，我们就要下山去买一回灯油，白天洒尽汗水，夜晚怎可无光。

插队之初，我们的身体还不能适应繁重的体力劳动，农忙时，每天十几个小时的活儿干下来，骨头架子都快散了。回到窑里，往炕上一躺，便昏昏睡去，有时连饭都懒得吃。待春去秋来，手上磨出了老茧，肩上扛了两疙瘩硬肉，每日收工，觉得还有劲儿没使完，总想寻些事来干。秋冬两季，天短夜长，在窑里待得时间多了，肚子里的书虫就蠢蠢欲动，旧情复发，忍不住要找些书来看。自小养成的习惯，再怎么“教育”，也难移本性。

想读书，可书从何而来，经“文革”之劫，已“焚”得差不多了。“破四旧”时，废品站里书籍堆成了山，家家户户送瘟神似地往里边扔。到我们下乡时，身边除了“红宝书”和几本马列著作，所剩无几。说到此，我还真得感谢可称作我的老师的两位师哥，一位叫左林和，一位叫王秉坤。他们高我两级，在校时便以才子著称。我的读书，与二位有很大关系。

左林和精文学，当年我的母校北京十三中，有个十分著名的壁报，叫《语文园地》，每次出刊，都会引得众多同学驻足观看。左林和便是其中主笔之一。他的肚子里，有数不清的文学故事。每次聊天，从他嘴里说出的，不是柳永因词获罪，便是周邦彦哀情被赦。说时神采飞扬，唾沫星乱溅，许多故事，我至今还记得。若在课堂茶舍讲这些，倒不稀奇，在陕北土炕上，刚放下小米粥碗，就开讲文学，可见此人瘾有多大。

王秉坤体格强壮，作风儒雅，有思想，文笔好。数理化皆强。看书喜诵，每到忘情之处，炕沿儿拍遍，声震窑顶，摇头晃脑，旁若无人。我时常找寻他读过的片段，看精彩之处何在，为何获得激赏，无形中，也长了不少见识。

两位不仅肚里有货，也藏了不少书，都是当时被称作“封资修”的东西，真不知他们是怎么逃过的书劫。尤其是王秉坤，行李中有一只四四方方的铁皮箱，里面别无他物，满满的全是书，其中还有许多难得一见的旧版。虽然时隔三十多年，但我还能记得读过两人的书有《史记选》、《国语》、《国策》、《左传》、《春秋》、《论语》，还有诸子百家中的一些，如《管子》《墨子》等，《历代散文选》、《古文观止》、全套的《中华活页文选》、北大师生著的《中国文学史》、余英时选注的《诗经》、唐诗选本若干种，胡云翼编的《宋词选》、《聊斋志异》等，还有一些新中国成立以前上海商务印书馆出的《万有文库》。

书量不算大，可全都是精品。能在陕北的土窑洞里读到，实属难得，足够饕餮一阵的了。可我初中不到二年的水平，要想读懂那些艰深的古文，还很困难，只能先从好读的入手，如《聊斋志异》。我每日读一篇，看明白了，转成白话给大家讲故事，称做“每日一聊”，成为闲侃的重要内容。初时经常胡猜乱解，闹出笑话。好在有两位师哥时时指点，慢慢入了点境。那时年轻，未谙男女之事，对文中经常出现的“缱绻”一词，解释不清。众人七嘴八舌，竭尽想象之能力，只有左林和，在一旁掩口偷笑。

诗词是我们当时最喜读的，也许和离乡背井的心情有关，那些带有悲凉意味的离别诗、怀古诗、边塞诗，最能引起我们感情的共鸣。尤其是许多名篇的产生地就在西北，塞上塞外是常见的词儿。范仲淹的《渔家傲》自不必说了，有一次读到唐代张敬忠的诗，诗曰："五原春色旧来迟，二月垂杨未挂丝。即今河畔冰开日，正是长安花落时。"五原在陕北之北，古属朔方，地理环境有相似之处。读此诗，惹起思乡之情。觉北京之远，犹如长安。读贾岛诗："客舍并州已十霜，归心日夜忆咸阳，无端更渡桑乾水，却望并州是故乡。"同伴相语，有朝一日离开此地，恐怕要"却望陕北是故乡"了。此话果然不假，多年后，知青们返陕北，寻故地，络绎不绝。

对杜牧感兴趣，最初倒不是因为他的诗，而是左林和讲起他"浪荡江湖载酒行"，看上一个小姑娘，待迎娶时，已"绿树成荫子满枝"的故事。自己虽落魄，亦非才子，也期望遇上浪漫佳偶。这诗八成读得有点偏，却是实话。

喜欢李商隐也是从这时开始的，虽说对他的诗似懂非懂，但诗中那种说不清道不明的哀怨，还是令我着迷。将《无题》诗一首一首地背过，至今不忘。

宋词中读得多的，有柳永的《雨霖铃》、辛弃疾的《水龙吟》、李清照的《声声慢》等，一次翻到刘克庄的《一剪梅》，词曰："束蕴宵行十里强，挑得诗囊，抛了衣囊。天寒路滑马蹄僵，元是王郎，来送刘郎。酒酣耳热说文章，惊倒胡床，推倒邻墙。旁人拍手笑疏狂，疏又何妨，狂又何妨。"几人读此，甚觉痛快，亦拍手大叫"疏也何妨，狂也何妨"，狂归何处，也就是乱吼一气，明天一早还得老老实实上地里干活去。

读《史记》，最喜《淮阴侯列传》，也许是和韩信乞食漂母、受辱胯下的经历有同感，找一笔记本，全文抄下，反复吟诵。韩信“陷之死地而后生，置之死地而后存”的话，多少给了我一点精神鼓励。当时，抄诵的还不止这一篇，像曹操的《让县自名本志令》、曹丕的《典论论文》《与吴质书》、柳宗元的《敌戒》等。曹丕在《典论论文》中说：“古人贱尺璧而重寸阴，惧乎时之过已。而人多不强力，贫贱则慑于饥寒，富贵则流于逸乐，遂营目前之务，而遗千载之功。日月逝于上，体貌衰于下，忽然与万物迁化，斯志士之大痛也！”这段话，对我的启示作用，超过了许多现代的名人。

读过几篇赋，如枚乘的《七发》、宋玉的《风赋》、《登徒子好色赋》等。搞不懂为什么登徒子爱丑妻却被称作好色，但文中对美人的描述，“增之一分则太长，减之一分则太短，著粉则太白，施朱则太赤”，倒是给了我许多对异性的遐想。

阅读的许多古文，都出自《中华活页文选》，这套书帮了我很大的忙，它在艺海集萃，尽选名篇，给初习者一个很高的起点。加之名家们的详解、注释，使我获益匪浅。《敕勒歌的歌者》让我认识了斛律金，《又呈吴郎》让我探到杜甫的人性。直到今日，我仍对这套书的出版者，怀有崇高的敬意。

也有读不懂的，如诸子百家的《管子》、《墨子》、《惠子》等，那些是新中国成立以前出的旧版书，既无标点，也无注释，读起来实在费劲，便撂在一边，很少翻它。现在想起，这些书，不提内容，仅就版本而言，恐怕也是弥足珍贵的了。

当然还有小说，是各队之间传看的，一本《封神演义》，传到我们队，首尾皆无，卷边烂页，几乎散了架。不知是谁带了一本厚厚的

《收获》，里边载着一部叫《大学春秋》的小说，被我读了许多遍，倒不是说小说有多么精彩，因为它讲的还是对知识分子进行思想改造的故事。但里面描绘的大学生活，让每天扛锄头挣工分的我，艳羡不已。课堂、校园对我们而言，已经成了遥不可及的梦。还传来了一两本《静静的顿河》，由于不全，我们对故事没有一个完整的印象，只是对格利高里和阿克西妮亚滚在草棵子里的情节，最感兴趣。说起来也好笑，由于书中没有细节的描写，众人还对男女主人公"干那事"没有，争论不休。有自称懂的，说得真事似的，只是我当时对"那事"，无知而好奇，听得面红耳热。

说也奇怪，大家不约而同，带的几乎都是文史哲方面的书，数理化的则一本没有。或许有，但大家没读，反正我是没一点印象。当时下乡，强调要"扎根"，当一辈子农民，数理化何用？离现实生活太远了。后来有了进工厂上大学的机会，可当时谁能想得到。记得有一次外队同学拿来一册初中数学课本，学过的。我惊愕地发现，它对于我简直就像天书，那些方程式，竟然一点也看不懂了。当时我很是悲哀，因为上学时成绩并不很差，怎会忘得如此干净？回头一想，也难怪，"文革"六六年开始，我们卷入其中，成天革命造反，学着大批判的话语，迷恋着辩论的技巧，背着"老三篇"，头脑中何曾给数理化留下一丝地方？由此，彻底绝了搞理工的念想。以后，果然搞了文，以编辑为职业混饭吃，追根溯源，此事起了一定作用。

时隔三十多年，我依然怀念那盏小小的油灯。山村的夜晚，寂静而漆黑，不时传来的几声狗叫，更显得四野空旷悠远。唯有窑洞窗户透出的光影，在天地之间，添上了一点暖色。几个年轻人，围着油灯，头对头的，读书侃书。身子扑在炕上，影子投在墙上，窑洞里其他地方都是黑黑的，那光只照亮了脸和书。现在想起来，这场景很是温馨。老镢头、黄土地、读《史记》、背唐诗，这些看似不搭界的东西，被一盏小油灯，柔和地融在一起。

没有人告诉你要读书，也没想过读书会有什么用，它就像吃饭喝水一样，成为生存的一种本能。我不能说插队的几年我们学了多少东西，尤其是我，浅尝辄止，不求甚解，全凭兴趣，翻到哪篇就读哪篇，没有系统，没有计划，说不上知识的积累，顶多是增添了一点谈资。比起后来在知青中涌现出的许多学者和作家，我们星星点点的阅读可能不值一提。但是，在那个“读书无用论”盛行的年代，在繁重的体力劳动的间隙，我们多少保留了一点学习的习惯，也算是难能可贵的吧！

谷安村景 一九八三年七月二十三日画

黄河东渡

一

那是1969年的冬天，我18岁。

秋收已罢，打下的粮食都分到了各家的寒窑，往日忙碌的山村一下子显得冷清了许多，清晨也听不见队长们吆喝上工的呐喊声。晌午的场上，有人拉着四胡唱着道情，人们开始商议着过年的事情。这时，知青们想到了回家。

可我的家在哪里呢？1969年，我没有了家。

二月初，我离京奔赴陕北延长县插队。随后，父母和弟弟陆续到了河南信阳的全总五七干校。八月，哥哥去了东北生产建设兵团。原本好端端的一个家，在这一年之中四分五裂，天各一方。这对我的打击是巨大的。我一个人虽然漂泊在外，不管吃什么样的苦，想到北京还有个家，父母还有稳定的生活，心里多少会有些安慰，可现在，这一切都破灭了。我觉得自己就像只断了线的风筝，没有了根。这个家，还能不能团聚，还能不能重回北京？父母和弟弟生活得怎么样？我打定主意，一定要去河南，看看他们。

我们这个知青点有六个人，清一色的小伙子，都来自北京第十三中学。老大王秉坤，老二李兴，老三左林和；接下来便是我、安红军和魏庆全。大家都动了回家的心思，可全走又是不可能的，因为队里多少还有些活计要干，况且自家还养着猪和鸡。几个人一合计，决定李兴、安红军和我现在就走，赶在春节前回到队上，其他人再走。

那时正值林彪的一号令发布不久，不时传来消息说，陕西省禁止知青在春节期间返城，各车站接了通知，不卖知青车票。但听说山西省无此禁令，知青们可以自由往来。仗着年轻气盛，我们几个人决定，徒步向东，走过黄河，到山西境内，再乘车回家。

我们的窑洞里挂着一张延长县地图，那是我们去县城赶集时从县委办公室里偷来的。平日里几个人经常琢磨这张图，所以对延长县的地理方位了如指掌，便用红笔在上面勾出了一条路线：从我们所在的郭家塬出发，经花莲河到县城，由县城向东，顺着延河到张家滩，再转向东北，爬上罗子山，下山到黄河边一个叫马头关的渡口，过河到山西省大宁县，再到临汾。临汾就有了火车站。算了一下，大约四百里路，三到四天的行程。

路线定好了，就开始了准备。首先是干粮。我们根据路程的天数计算，烙了三十多斤面的饼，分别带着。每人一个军用水壶，这可是当年知青的必备物品。每人一个旅行包，外加四根木棍和两把匕首。那木棍三尺长，一来可以当扁担挑行李，二来如果遇上歹人劫道，还可抵挡一阵。郭家台的王连龙听说了，也加入了我们的行列。

我插队的村子，条件相比四邻还算是好的，一年下来，我居然挣了十四块钱。虽然不多，但毕竟是劳动所得。这时公社供销社正好进了一批涤棉布，我便将钱全换成了布，好歹给爹妈准备了点见面礼。

一切准备停当，在一个雾蒙蒙的早上，我们出发了。

莲宝子是村里的小年轻，平日里和我们的关系最好，这几日，也一直热心地帮我们设计路线，他提出要送我们，正好去花莲河的路我们也不太熟，就答应了他。

在清冷的晨雾中，凭着莲宝子的指点，步行了二十几里路，我们很快就来到了花莲河的山头上，山下依稀可见通往县城的大道，莲宝子要和我们分手了。临别前，他送了我们两句话：赶路的人要早起早歇。第二句是，宁叫钱受苦，莫叫人受苦。这两句话，朴实到了极点，却值得我记一辈子。它不仅成了我们这次旅程的准则，也成了以后我做很多事时铭记的准则。赶路的人，看到太阳快落山了，一定要及时找到歇息地，千万不要贪路。否则，天一旦黑下来，地形又不熟悉，在山里是件很危险的事。一路上，该吃则吃，该歇则歇，不要因为吝惜钱，而毁了自己的身体。因为平安地到达目的地，才是最重要的事。这些朴素的生活话语，其实包含了很深的哲理。在陕北农民中间，类似的话还有很多，此处按下不表。

二

下山来到大路上，跟着延河向东走。

延河是一条很著名的河。它发源于陕北的横山山脉，流经志丹、安塞、延安，最后在延长县注入黄河，总长近三百公里。甭看它不长，可由于“滚滚延河水”是革命圣地的象征，所以它的知名度要高过黄河的许多支流。延河可不知道这些，它依旧缓缓地、弯弯曲曲地在黄土高原的沟壑之间流淌，哺育着大片的河滩地。河川里的景色，与我们居住的深山沟大有不同。在山里，村子都是隐藏在黄土圪塄中的，有时你已经站到了人家的窑顶上，却还看不见村子在哪里。在河川上，村子依着路边，层层叠叠，看得清清楚楚，有时道路穿庄而过，婆姨女子们在门前打量着行人，使人免除了许多旅途的寂寞。由于是第一次长途旅行，前途的未知和神秘，给我们带来一种莫名的兴奋，一路上有说有笑，脚底生风。

说起来，敢于徒步过黄河，多亏了在插队生活中学到的一项基本技能——走路。当时陕北的大部分地区，既无公路也无汽车，出门办事，全凭双脚。一天走个几十里，当是常事。有一次我和王秉坤去甘谷驿买农具，来回一百里，扛着几十斤重的镢头，中途还遇了雨，一天下来，也没觉得怎么样。走长路是要有门道儿的，重要的就是不能心急。俗话说，不怕慢，就怕站。尤其是爬山路，一步一步，稳稳当当，看似不快，却能长久。我们刚到陕北时，就不明白这个道理，一上路，总嫌人家老乡走得慢，急匆匆地超过去，结果是走不上百步就要停下来歇口气，待到要起步时，那原来落在后边的老乡，早就登上了高高的塬顶。

走着走着，不知何时，我们的身后远远地跟了一群人，看样子也是知青。我们的心情顿时紧张起来。早就听说这地方的知青中流氓多，打架抢劫的事时有发生。如果这帮人真是冲我们来的，那不仅家回不成，恐怕人还会受伤。我们加快了脚步，紧紧地握住棍子，李兴还把手伸进衣襟，攥着藏在里边的匕首。我们也不敢回头，一溜烟地小跑，也不知走了多久，放胆回头去看，身后一个人也没有，算是一场虚惊，脚下顿时软了，缓着劲儿，溜溜达达地向前走。一直到红日西沉，算算也有一百里路了，正好到了一个叫杨家湾的村子，找到大队部，寻了间公窑歇息，一夜无话。第二天一早，烧水吃了干粮，便又启程。

顺河走了十多里路，便转向东北，开始爬山。经阎家圪塄等村，向罗子山进发。这地方山大沟深，每翻一座山梁，就有一二十里路。待爬上第三个山头，远远地便望见了罗子山。

在陕北，叫什么山的地方多得是。但这些黄土山，都是因雨水将平坦的高原向下冲出深沟而成。而罗子山，却是一座真正的山，一座屹立于黄土高原之上的山。它就像是一把锥子，刺破了厚土，尖尖的峰顶，直直地指向云天。它奇特的形状，使我想起神话故事插图中的魔山。而我们，则像朝圣般地向它走去。

俗话说，望山跑死马。看着罗子山就在眼前，脚下却还有几十里的路程。待爬上罗子山峰顶，已是红日偏西。站在山顶，举目四望，几个人顿时呆住了，心中不禁叹道：壮哉天地！由于罗子山是至高点，方圆几百里的山川，尽收眼底。按理说，我们就住在山上，每日看山，应不觉稀奇。但这里的气势，别有不同。远望高原，千坡万岭，如波涛起伏，一直涌到天边。在夕阳的照射下，呈现出古铜般的色彩。罗子山以西，尽管沟壑纵横，但天际线是平的，而罗子山以东，高原突然倾斜了，几十里的漫坡，向着东方，俯下身去。漫坡的尽头，雾气茫茫，有人道，那里便是黄河。

听说快到黄河，众人皆兴奋起来，几十里的漫坡，几乎一路小跑着下来。到了擦黑时分，我们终于到了向往已久的古渡口——马头关。

马头关，黄河上一个不起眼的小渡口，也许只有在延长县的地图上才会标出它的位置。这几日，它的名字，不知被我们念叨了多少回，我始终在心里猜想它的模样。可当我们到了这里，眼前的景象，还是让我感到吃惊。这是黄河边一个极小的村子，几孔乱石垒成的破窑洞，杂乱地散落在河边的山坡上，几棵枯树在寒风中抖动着，村子里看不见人，也听不见鸡鸣狗叫。天空是灰色的，山坡是灰色的，窑洞是灰色的。我一时有些恍惚，觉得自己仿佛一下子回到了几十年前。我不知道是否有人体验过时光倒流，眼前的一切，正给我一种强烈的"今夕何夕"的感觉。如果说我插队的村子多少还有一点能和时代联系在一起的东西，那这里，则是什么都看不到。

找寻到队长的家，跟他商量明天出船的事。队长正在吃饭，小小的窑洞里暖烘烘的，炕桌上除了玉米粥，就是一小碟醋泡蒜瓣。队长似乎不太热情，只是告诉我们明天一早再说，并安排我们到一个姓贺的老汉窑里歇息。

贺老汉是个瞎子，还是个光棍儿。平日里担水、烧饭都是自己做。我惊异他看不见，怎么做得来。他说习惯了，路在哪儿，井在哪儿，心里都有数。贺老汉年轻时可不瞎，他说还给贺龙的部队撑过船，送他们过黄河打日本。说起当年事，贺老汉像换了一个人，脸上透出一丝光彩。晚上我们早早睡了，贺老汉则坐在炕头抽烟。半夜里我们突然被焦煳味儿熏醒，原来贺老汉将毡子点着了，大家七手八脚地灭了火，待接着睡，天已快亮了。

三

天刚刚亮，我们几个人就来到了黄河边。

我在很小的时候就有了"黄河情结"。记得还是小学四年级时，有一天，老师通知去北京少年宫参加活动。去了之后才知道，那是一场纪念聂耳、冼星海的音乐会。会上还放映了电影版的《黄河大合唱》。我至今都无法形容它给我年少的心带来怎样的震撼。反正从那一刻起，奔腾咆哮的黄河就成了我心中的图腾。尤其是合唱开篇的朗诵：“朋友，你见过黄河吗，你到过黄河吗，你见过河上的船夫拼着性命和惊涛骇浪搏战的情景吗……”这几句词，一直吸引着我，梦想有一天，能够身临其境。

如今，我的双脚终于站到了黄河的岸边，搏战即将开始。

虽然时至冬初，这一年黄河的水却很大。河面宽阔，水流湍急，浩浩荡荡，汹涌澎湃。令人感到恐惧的是，满河床漂着大大小小的冰凌，大的像间房，小的也赛磨盘，顺着水流打着旋儿地横冲直撞，看得久了，人直发晕，仿佛河岸也在动。河岸边是几丈宽的厚厚的冰层，一眼望去，黄河上下几十里，像是镶上了银边儿。寒风也来助威，顺着河谷呼呼地吹着，不多时，从脚底到心底，我们感到了彻骨的寒冷。这就是我日思夜想的黄河吗？我如此崇拜它，它却以这样不近人情的姿态，横在我的面前，阻挡我回家的路。

更令人烦恼的是，看我们只有四个人，船工们说什么也不肯发船。有人扛来了羊皮筏子，说用这个载我们过河。看着汹涌的水流，我心里直打颤。李兴胆儿大，抢先坐了上去。谁知羊皮筏一离岸，就被水流箭一般地冲到下游去了。任凭船工怎样使劲，筏子都无法驶向对岸，只得在下游二三里处靠岸。看着李兴他们扛着羊皮筏子慢慢往回走，我想，今日过河难了。

天无绝人之路，正在这时，又来了三个过河的知青，七个人商议了一下，出价十五元，船工们终于同意开船了。可船还在下游两里路以外的地方，必须把它拖上来才能渡河。老乡们硬拉上我们一起去拖船。那纤绳有镢把粗细，把它系在腰间，双手握紧，倾着身子，顶着寒风，一步一步地向上游走去。由于踩在湿滑的冰面上，吃不住劲儿，走一步溜半步。稍不留神，就是一个跟头。刚想松口气，船就后退，这时老乡就喊：学生家，使劲啦！曾看过列宾的名画《伏尔加河上的纤夫》，颇有感触，想不到，今天自己也变成了画中少年。一步一滑地终于把船拖到了渡口，我们急忙跳上了船。

黄河上的船，约一丈宽，三丈来长。若形容它的样子，恐怕用"粗犷"二字最为合适。要和我们在大地方见到的船相比，它只能算半成品。船板几乎就是用原木破开，稍加斧凿，没有刨光，用大铁铆钉连在一起，船帮漏着大缝。所谓船桨，就是几根剥了皮的树干，用粗绳子绑在船杆上。不过我倒觉得，这粗犷的船，和这些粗犷的扳船汉子，和这粗犷的黄河峡谷，倒是绝配。若是一条秀气光堂的船，摆在这样的河流中间，反而显得软弱无力了。

船中间有一横梁，船工们分成两排，对面站在上边，拥着船桨。老大一声令下，木船终于起航了。船桨一动，号子立即响起。你若以为船工号子是歌那就大错特错了。那几丈长的树干被船工们拉来搡去，在水中吃力地划动着，每推一下，船工们都会发出撕心裂肺的喊叫："咳——咳——咳——"这呐喊，粗野，急促，拼命。他们赤红着脸，脖子上的青筋暴努着，尽着全身的力气。他们把桨向后拉时，身体几乎和船平行，忽而又跃起，将桨推向对方的怀中。就这样随着他们的大起大落，船一下下驶离了河岸。由于地方狭窄，他们的身体紧贴在一起，分不出张三李四，就像一组活动的群雕。我站在船底，仰望着他们，这些汉子，若在平时，则看不出有什么特别，一到船上，咋就个个成了神呢？除了他们，谁使得动这千斤的大橹，谁又敢在这惊涛骇浪中讨生活呢？黄河歌谣中唱道：“黄河无路船头上站，狠心不过男子汉。”当是这些人的写照。

我们的船呈斜线向对岸驶去，撞开冰凌，压住急流。这时，风声、水声、船工的呐喊声响成一片，使人感受到一种激昂的气氛。站在岸上的人看水，和在船中的人感觉是绝然不同的，我不知道李白当年是否渡过黄河，只觉得“黄河之水天上来”的诗句非渡过河的人不能写得出来。在河中间，你真会觉得那水是从天上流下来的，直扑上你的头顶。仿佛你一松劲，就会被它压入水底。正当我胡思乱想之时，面前巨大的冰块挡住了船的去路。任凭船工们怎样努力，船还是不能前进半步，反而随着水流逐渐向下游漂。眼看冰凌越积越多，渐渐对船形成包围之势。船上的气氛顿时紧张起来，船老大铁青着脸，和船工们商议着对策。我心里感到一阵恐慌，在这宽阔的河面上，湍急的水流中间，渡船就像一片树叶，显得那么渺小和脆弱，随时都有可能被冰凌挤压得粉身碎骨。如果是这样，那可真成“叫天天不应，叫地地不灵”了。这时见几个汉子，跳到冰面上，用手中的篙杆死命地顶船，黄河水就在他们的脚下奔腾，冰面随时有倾翻的危险。我不禁为他们担起心来。几番较量之后，船竟渐渐离开了冰层，他们赶快跳上船，拼命地划桨，船终于驶出了包围，又开始前行了。

“我们看见了河岸，我们登上了河岸”，冼星海的《黄河船夫曲》写到这里时，用了舒缓的旋律。而我们的靠岸，却依然充满了惊险和刺激。由于冰层和水流的关系，我们的船停在离岸还有两丈多远的地方，再也不能靠前了。船工们一边用篙杆撑住船，不让它移动，一边将梢板搭上岸，喊着：“学生家，船停不住，快下吧！”那梢板两三丈长，只有一拃来宽，斜度很大，下面就是湍急的河水。我看着心里确实害怕，可时间紧迫，不容犹豫，心一横，几步就窜了下去，稳稳地落在河岸上。几个人一上岸，船立即撤了板，一会儿工夫，就看不见了。

山陕峡谷有这样一个特点，如果东边是土岭，西边就是石山；如果此岸是缓坡，那彼岸必是悬崖。前面说过，马头关陕西这边是几十里的慢坡，过到山西来，就面临悬崖。这悬崖紧贴着黄河，我们的落脚之处，不过两三米宽。我在船上时，就打量过这处山崖，根本看不出有何攀援之处。心想把人撂在这里，难道要飞上去吗。许真是应了"车到山前必有路"的俗话，古渡之名，不是虚传。我们刚从波涛处回过眼来，就惊喜地发现悬崖上有一条人工凿出的小道，层层台阶，顺着石间盘旋而上。路边石壁上还刻有字，已斑驳得看不清了。不知何人所凿，亦不知被人走了多少年，风雨的侵蚀，将有的石阶，剥落成浅浅的一道沟。苔藓斑痕，将它染成黑色，所以在远处，根本看不见它。石道之险，直上直下，犹如华山上的千尺幢，而且也没有什么铁链可扶。几个人不敢往下看，手脚并用，几乎一口气爬到了崖顶。

站在山顶回头望去，黄河已被笼罩在一片苍茫的暮色中了。在黑压压的群山下，黄河只显出淡淡的身影，看不见波涛，也听不见涛声，一切突然变得那么静，那么远。仿佛使人不敢相信，那拼死的搏斗，就是刚刚发生的事情。直到这个时候，我们才能"心啊安一安，气啊喘一喘"。坐下来，凭着风吹，欣赏黄河。这真是一条伟大的河，我们跋山越岭，一日可步行百里之遥，而渡过这几百米宽的河道，却花了整整一天的时间，而且还曾命悬波涛。人说不能小看黄河，看来是有道理的。

摸黑儿走了十余里，寻到个村子歇息。老乡安排我们住的窑洞里，还有两个走乡串户做活计的小木匠。房东的女儿凑着油灯，头挨头地和他们说着悄悄话，看样子很是高兴，对我们的到来不理不睬。我们在黑暗中和衣躺下。不知怎的，我看着油灯下房东女儿红扑扑的脸，心中竟升起一丝醋意。“北京学生”（这是陕北老乡对我们的通称）在她眼里，还不如个小木匠。不及多想，困倦袭来，便沉沉睡去。

四

早晨起来，便忘了房东女儿的事，因为肚子问题遇到了麻烦，我们的干粮已经全部吃完。那时脑子笨，竟想不到向老乡买一些吃食。便饿着肚子启程，走了四十里，到达一个叫曲娥的镇子，待坐到饭馆里，要了一桌子饭，却吃不下几口，原来已经饿过劲儿了。

晌午过后，走到大宁县，找了间车马店住下，赶忙去买车票。大宁县地处偏僻，长途车两天来一趟，我们到了车站，方知车票早已售完。这事有些不妙，如果明天走不了，就得在此地待上两天。好在天无绝人之路，我们在车站院内发现了一辆卡车，一打听，是到大宁运货的车，明天一早返回蒲县。便和站长央求，要搭卡车走。站长爽快地答应了，因为那年头，用卡车充当长途客车，是常事。

第二天天还没亮，我们就离开了大宁县。卡车在吕梁山的盘山道上急驰，寒风呼啸着掠过耳边。刚开始，我们还站着观山景，没多久，耳朵就痛似刀割。急忙蹲下来，裹紧大衣，蜷缩在车帮下，可不一会儿，全身还是被风吹透了。双脚先是发疼，进而发木，没了知觉。寒气逐渐向胸口侵透，到最后，连呼气都是冰冷的。等到了蒲县，我们几乎被冻僵了。互相搀扶着爬下了车，双脚像踩上了高跷，不会走路。踉踉跄跄扑到一个小饭铺里，多亏一碗热汤面救了命，身体才慢慢缓过来。在蒲县换了客车，终于顺利地到达了晋南重镇——临汾。

临汾车站内人头攒动，熙熙攘攘。我要在此和三个伙伴分手，独自南下。分别前，几个人躲在角落里说话，这时身边走过一队用铁锨挑着铺盖卷儿的民工，其中一个听见我们说话，便凑过来问："哥儿几个是北京的吗？"我们说是。他自我介绍说，他也是北京知青，在山西插队，现在被抽调当民工修水利去。说了没几句，有人喊他走，他急忙告辞，赶队伍去了。望着他破衣烂衫的样子，王连龙说："这哥儿们怎么混得这么惨？"李兴嘿道："没准儿过几年我们还不如他呢！"一句话说得众人都不言语了。

临汾分手，我独自到了运城，找到汽车站，买到了去平陆的车票，照例是卡车。出得车站，见天已大黑，几盏路灯惨黄黄的，只照见巴掌大小的地方。心想这人生地不熟的，到哪里去找旅馆呢？索性就在车站忍一宿算了，明早上车也方便。候车室里人很多，围着大煤炉取暖。我根本挤不进去，就倚墙角找了个地方，旅行袋往屁股底下一垫，大衣往头上一蒙，一夜半睡半醒，坐得腿都麻了。这里清晨五点就发车，我挤上去，靠着车帮坐下来，车一开，我便蒙头又睡，直到汽车吼着从中条山上冲下来时才醒。发觉胸前被口水湿了一片，不好意思，忙用手掩了。

车一直开到平陆县的黄河边。平陆县，曾经很有名气，著名的"为了六十一个阶级兄弟"的故事就发生在这里。读过报道的人可能还记得，人们打破"黄河自古不夜渡"的古训，去三门峡找药的情节。河边早有渡船接着，我又开始二渡黄河。和几天前在山陕峡谷渡河相比，这次渡河平淡得让人失望。这里河面宽阔，水流平缓，载客的是大型机动船，不到三十分钟就过了河。回头想起那条古训，心中有些不服气，暗想，这样的河，就是夜渡又有什么了不起。

过河直奔三门峡车站，买到了去信阳的慢车票。心里踏实了，看看离开车时间尚早，就想到市里去转转。走不多远，见一商场，便踱进去闲逛。可不多时，就发觉有些不对劲儿了，人们都以异样的目光，打量并避闪我，好像看一个怪物。我正纳着闷儿，正好走到一面大镜子前，抬眼一望，自己也惊呆了，那镜子里的人——是我吗？头顶一个破帽子，说灰不灰，说黄不黄，帽檐歪斜着，耷拉在眼眉上。一件破军大衣，像从土里刨出来似的，肘间袖口漏着棉花，半长不短地披着。尤其是那张脸，汗渍着尘土，黑一块黄一块的，这哪还像学生，活脱一个叫花子、盲流！

我返身跑出商场，直奔车站。那时车站前都有卖洗脸水的，要了一盆热水，洗下半盆黄汤。又脱下帽子当掸子，把浑身上下好一通拍打，打得四周尘土飞扬。那时的裤子都有一道裤边，当我掸到裤腿时，不知何时，这裤边成了鼓鼓囊囊的一圈，翻开来，倒出一堆黄土。天呐，我竟是脚上绑了两个沙袋走了几百里路，自己却毫无知觉。

经过一番收拾，自觉得整洁了许多，像个人样儿了，但也没了闲逛的兴致，老老实实在候车室里待着。候车室很大，空空荡荡。不远处，有三个年轻工人在聊天，两男一女，穿着海蓝色劳动布工装，拎着饭盒，说着什么通勤车、倒班之类的家常话。可这些话在我听来，像是另一个世界的语言。在插队之初，我们还怀有“广阔天地闹革命”的自豪感，总觉得知青地位应被人尊重。到这时，我才切实感受到了孤寂、冷落和一丝自卑。

坐上火车，奔信阳而去。至于见到父母，接着伤心离别，一个人返回陕北，依旧风餐露宿，又是一番经历，就在此不表了。

陈幼民

2005年12月

回家之路

首先要声明的是，这篇文章中的“我”，并不是笔者本人，而是集中了众多知青弟兄的经历。之所以说明这一点，一是不想贪别人之功据为己有，二来得费些口舌：我先前写过一篇“黄河东渡”，讲了自己插队时徒步过黄河的事，登在云南的《大家》杂志上，母亲看到了，哭得不行，说想不到儿子当年吃了这些苦。以后再写文章，便不敢叫母亲看见，老人家年过八旬，若看一篇伤心一次，身体怎受得了？索性在这里先告诉她，这都是别人的事，让她当一般的趣文去读，也就罢了。

在叙述这次经历之前，我必须介绍一下我的同伴黄毛，若不是他，我的此次远行就不会吃那么多的苦，而正因为他，我才会有了那么多的奇遇，才有了写下这篇文章的可能。

黄毛个子瘦高，可能从小就营养不良，头发焦黄，所以得了这么个外号。他是我的同班同学。这小子有一个特长，就是地理特熟，记性又好，尤其是对铁路线，从哪儿到哪儿，中间有几站，倒背如流。可他也有个缺点，就是小算计，经常是贪小便宜吃大亏。此次回京，他便早早算计开了，走哪条路线，在哪儿倒车，如何逃票，按他分析，闹得好，花不到五块钱，就能到北京。也难怪他算计，黄毛确实没钱，他父亲死得早，妈妈在街道厂子干活，得那点工资仅够糊口的，哪里还能接济他。在陕北农村干上一年，把口粮挣够了就不错，现钱是极少的。我那时也不安分，经常干些出格的事，看到有些知青炫耀他们扒车的经历，心里痒痒的，总想尝试一番。两个人臭味相投，一拍即合，决定搭伴上路。

其实我兜里有四十块钱，那是爹妈听说我要回京，给我寄来的。这钱今天看起来微不足道，可在当年，也是不小的数目。既然有了黄毛的筹划，想必用不了这么多，我只留下了一点零钱在口袋里，其余的，缝进了贴身的裤衩中。

按照黄毛的策划，我们得先过黄河到达邻县，再到山西省的F市，再到河北省的石家庄，从石家庄到北京。如果一切顺利，也就三四天，就能踏上北京的地面了。

头几站，甚为顺利，我们没费什么力就混到了邻县，黄毛得意洋洋，自诩赛过张良，谁知乐极生悲，紧接着厄运就临头了。

到了邻县的汽车站，正赶上开往F市的汽车要发车，汽车周围乱哄哄的，人们忙着把大大小小的行李往车顶上搬，我和黄毛趁乱挤上车去，到最后一排坐下，低了头，蜷着身子，尽量不引起人的注意。乘客满满当当挤了一车，也不对号入座，售票员上了车，便往司机边上一坐，那车晃晃悠悠地开出了车站。我和黄毛暗自欢喜，想不到此次扒车会如此顺利。

哪知车开出去近一个小时，在荒山野岭的地方停下了，售票员起身说要查票，想必心里早有数，径直朝我们来了，我俩无处可逃，自然被查出，再想掏钱补票，人家愣是不收，硬把我们轰了下去。在售票员奚落的目光中，我们灰溜溜地下了车，那车扬长而去，把我们俩丢在这荒野之中。此时，我们才算明白了人家的手段，知道你逃票，先不动声色，待车开到一个上不着村下不着店的地方，把你赶下去，让你饱尝无助的难堪。看着车的背影，黄毛跳着脚地骂，真他妈的损，让你丫开到沟里去！

往前往后都有几十里的路，抬眼望去，天低云暗，莽莽群山，灰蒙蒙一片，连个人影也看不见。冷风刮着，卷起阵阵黄尘。黄毛跺着脚，左右看着，声音发颤地说，这鬼地方不会有狼吧，连棵树都没有，狼来了往哪儿躲呀？我心里正没好气，便恨恨地道，你放心吧！狼没那么大胃口，吃不下两个人。

走去F市是不可能的，我们谁都没想费这个力气，只有在路边等着搭便车。在山区，搭便车是件很平常的事。那里交通不发达，人们出远门，就在路边候着，碰到心肠好的司机，车上又有空，捎上走一段，也不要你的钱。

可是今天，我俩简直是背透了，任凭怎样招手，那些过往的车辆都是呼啸而去，只把扬起的灰尘留给我们。也许是这两个毛头小伙子，看着就不像好人，谁敢停下来找麻烦呢？眼看时间近午，我们还在这荒山沟里，没有前进半步。这时黄毛想出了个办法，他让我在路基下隐藏起来，他取出围巾，蒙在头上，用手拽着围巾下摆，遮住了半个脸，打远一看，还真像个姑娘。我心里好笑，不知他这手是否灵验。

不多时，一辆卡车开了过来，到了黄毛身边，竟然慢慢停了下来，司机从驾驶室里探出头，打算和黄毛拉话。说时迟，那时快，我迅速从黄毛的身后窜出来，手扒车厢板一用力，就跃上了车，黄毛紧跟着也跳了上来。那司机发觉上了当，嘴里狠狠地骂了一句什么，却没把我们轰下车，一踩油门，飞似的开走了。也许是心里憋了一口怨气，他把车开得贼快，什么拐弯，坑坑洼洼的地方也不减速，直把我和黄毛颠得似被摇的煤球，屁股摔得生疼，也不敢坐了，站起身，死死地抓住车帮，一摇一晃地前进。就是这样，我俩还是特别高兴，毕竟坐上了车，很快就能到达F市了。黄毛诡计得逞，止不住地傻笑。

车在沟里开了一阵，就跃上了一座大山，这路坡度很大，急弯又多，有时车轮紧靠着路边，看得人胆战心惊。正走着，忽见前方路上堵了许多车，人影攒动，甚是忙乱。车到近前，便有警察拦住，说前边发生了车祸，对司机说，你这车正好空着，待会儿运伤员到F市的医院，又点着我和黄毛道，你们两个小伙子下来，帮助抬伤员。

我和黄毛跟着警察穿过车队，来到事发地点，往下一看，不禁咋舌。路边是一个大斜坡，一辆客车滚落在几十米的坡下，车厢都瘪了，玻璃窗没有一个是完好的，满坡上都是散落的行李，衣物和纸箱，许多人往坡上抬着伤员，那些人也不知是死是活，反正都是血里糊拉的。呼喊声，指挥声，呻吟声，马达声响成一片，人们上上下下，焦急而忙碌。我们下到客车跟前，黄毛突然捅了我一下，瞪大了眼睛，手指着客车，张口结舌："这……这……"我一看，也不禁倒吸了一口凉气，原来，这正是把我们轰下去的那辆客车。

不容犹豫，我们也加入了抬人的行列。那坡甚陡，我抓住伤员的双臂，黄毛抬上两条腿，一步一滑地往坡上挪，待上到公路边，我俩已累得浑身大汗，气喘吁吁。客车上的乘客全都救了上来，那状况真是惨不忍睹，几乎个个挂彩，人人带伤。我们这辆车分了四个伤员，浑身是血，昏迷不醒，看来伤势不轻，其中一个，恰是那个售票员。警察催促司机马上开车，把伤员送往 F 市医院。

这场事故，把我和黄毛从蹭车的，变成了救生员，不用怕被人轰来轰去，可以大大方方地去 F 市了，可我们却怎么也高兴不起来。都是赶路的人，虽说素不相识，但心里却都有一个愿望，就是旅途平安。这劫难于别人已是现实，于自己，是否预示着未来，真是不敢细想。黄毛脸色惨白，一句话也不说。他不明白，随口的咒语，怎么竟然成为了事实。好像这惨祸的发生，于自己有说不清的关系。看着处在昏迷中的售票员，我感到命运的无常，不久前，我们还对他恨得咬牙切齿，可现在，却真要感激他才是，如果不是他把我们轰下车，那么，躺在血泊中的，就将是我们。听说开车的还是个老司机，这条路不知跑了多少趟，却不知怎的，一个弯就愣没拐过来，直直地下去了。冥冥之中，是谁在安排着每个人的命运？

到了 F 市，医院早有人接着，我们帮着把伤员都抬了进去，又混了一顿饭，就悄悄溜出来，赶往车站。

F 市的火车站很破旧，不用费什么劲儿就能混进去。站台上乱哄哄的，挤满了人。这种状况下，没人会注意到我们，扒车就容易了许多。

我们等候的车终于进站了，这是一趟开往石家庄的慢车，在此站只停留五分钟。一时间，人们似炸了营，大呼小叫，一窝蜂地往上挤，也不见有人来维持秩序。

若论挤车，我和黄毛可是行家里手，车一进站，我们就贴着车门跟着它跑，待车停稳，我们已堵在门口，门开下客，我们侧着身子，几步就钻了进去。那时年轻，又没行李，好玩这一手。

进到车厢里一看，我们顿时就乐了。里面满满当当全是人，不仅座位上人头黑压压一片，就连过道、车厢连接处也挤得密不透风。人声嘈杂，臭气熏天。要说旅行，确是受罪，要说逃票，这样的环境可是再好不过了，那乘警列车员还会查票吗？

话虽如此，为了安全起见，我和黄毛还是分开了，各自待在一个车厢，免得目标太大，惹人注意。也许是过于大意，也是劳累过度，我在过道勉强挤了个地方坐下来，不久就沉沉睡去，待到有人把我推醒，一睁眼，乘警就站在我面前了。

我这人从小就没跟警察打过交道，此时更是紧张的话都说不利索了，没等人家多问，便老老实实承认自己没票。乘警把我带到了餐车，里边已经有七八个逃票的，我一看，黄毛也在其中，想必是和我犯了一样的毛病，大意失荆州。两人目光对视，各自苦笑了一下。

车到了前边的一个小站，我们这一干人等被带下了车，有人押着，拐来拐去，最后被关进了一间小屋。门一锁，就再没有人来搭理我们。这屋里没有灯，只有外边的路灯透过破窗子照进点亮，只勉强能看清东西。屋里也没有桌椅，空空荡荡，大家倚着墙角，就坐在地上。这些人中，有的破衣烂衫，一看就是要饭的。有的带着行李，属于蹭车的，南腔北调，哪里人都有，只有我和黄毛最年轻。黄毛靠着我，身体有些发抖，他小声道：“不会把咱们抓到监狱里去吧？”我也没经历过这样的事，心里七上八下的，但为了给黄毛壮胆，只得骗他说，监狱里只关那些杀人放火的，咱们不过蹭个车，算得了什么大事。

一直待到第二天上午，终于有人来过堂。那几个要饭的，人家连问都没问就给轰走了。剩下逃票的，倒问得比较仔细。轮到我和黄毛，照例先是姓名住址，我们早编好了一套瞎话，要是说真名，再告诉在哪儿插队，日后人家找上门去，给你档案里搁上那么一条，你这辈子不就瞎了。好在那时候没有身份证，也没有电脑联网，你就是报个假名，人家也无处去查。我们只说是北京的学生，出来玩，钱丢了，不得已才扒车。

我尽力装作可怜，黄毛还在一边抹眼泪，可人家见得多了，根本不为所动。那个主审的人铁青着脸，呵斥我们道："年纪轻轻的不学好，你们这事按严重了说，就是破坏社会主义经济秩序。你们先砸石头去，让你们家把车钱和罚款寄来，什么时候钱到，什么时候放你们走。"

那个石料场，就在铁路的旁边，面积很大，周围用铁丝网圈着，里面堆着小山似的石头。我们几个人被警察带到这里，移交给了工头。警察在临走时，叮嘱工头说，你把人给我看好了，每人两方，干不完不能走。

这工头倒还不凶，他对我们几个说："我也是奉命行事，我不为难你们，你们也别为难我，干完走人，咱说话算话。不过咱们丑话说在前头，谁要中途想跑，就别怪咱不客气。"

随即给每个人发了工具，一把铁锤，另一样东西很怪，是用铁条焊成的圈，带着长长的把手。我一时没琢磨出该怎么用。看了人家干才明白，这圈是用来套住石头，在砸的时候才不会四处乱溅。人家正经干这活的，还有一个铁砧子，把石头放在上面，一手扶圈，一手抡锤，几下就把石头砸成核桃般大小。这石料是用来铺铁轨路基的，用量很大。

我们问工头，两方有多少，工头随便用脚一踢身边的石堆道，差不多就这些吧。我俩一看，暗自吐了吐舌头，好大的一堆呵！

石料场里除了我们几个被抓进来的，还有不少当地的工人，其中女工很多，却几乎一样的装扮，头带围巾，把脸遮得严严实实的，只露出两只眼睛。手上戴着手套，胳膊上带着套袖，有的腰上还系着油布的围裙。她们也不说话，只是吭哧吭哧地忙碌着，每个人的脚边，都堆着很多的石子。后来我才听说，砸石头是附近居民很重要的一项副业收入，虽说辛苦，钱也不多，但毕竟来得快，许多妇女忙完了家务就来砸，好歹能挣几个鸡蛋钱。

看这活儿妇女都能干，我和黄毛有了点信心，两个小伙子，又经受过干农活的锻炼，把这两方干下来，应该不成问题。更重要的是，我们得把裤衩里藏的钱保下来，不想让人白白拿了去。

谁知干起来，才晓得不那么简单。我们没有铁砧子，只好取一块表面平点的大石头做基石。学着别人的样，取一块石头，用铁圈固定住，抡起锤头砸下去，铁锤迸了起来，那石头却纹丝不动，虎口已震得发疼。只得铆足了劲儿，再狠给几下，才把那石头砸开。

一天下来，手臂又胀又疼，虎口也震出了血，脸上也被迸溅的石屑划出了几道口子，我这时才明白那些女人为什么要把脸捂得那么严实。我们也没有手套，赤手搬石，那粗糙的石面，锋利的棱角，很快就把手磨得不成样子。再看我们砸下的石子，也就那么几捧，比女人家还少得多，不够人家两铁锹撮的，弄得料场的人都把我们当笑话看。

要说光是活儿累也就算了，吃住也让人难以忍受。人家倒还管饭，就一个窝头外加一碗烂菜叶子汤，丁点油星也看不见。原来我还以为这饭是白给的，后来一打听才知道，赶情也得从你敲的石头里扣出来。住的地方是料场的一间工棚，四面漏风，里面黑乎乎的，只有一盏八瓦的小灯泡，把人照得跟鬼似的。屋子两边搭了两个大通铺，没有被褥，只是扔了几块草席。到了晚上，只能枕着胳膊，和衣而卧。

我和黄毛躺在铺上，翻来覆去地睡不着，本来就腰酸背痛，那硬床板咯着，怎么着也不舒服。其实，更难受的还是心里，我们成了囚徒，属于管制对象，想着过去自由自在的日子，两个人哀叹到天亮。

干了两天，我们实在受不住了，胳膊疼不说，就我们的进度，要想完成两方的量，还不得十天半个月，黄毛央求我道："兄弟，咱们给钱吧，这么下去，还没干够两方，人就交待在这儿了。"我说："交钱，你有钱吗？"他都快哭出来了："哥哥哎！你先垫上，这钱我一定还！"其实我也早打算这么办了，民间有话：宁叫钱受苦，莫叫人受苦。看来这财今天是非破不可了。

我们找到工头，说家里寄来了钱，愿交罚款。工头可能也觉得我们受不了这份罪，动了恻隐之心。他把我们带到车站治安科，还一个劲儿地帮我们说好话。管事的瞥了我们一眼，说："想通了？早这样不就结了吗！"说完一伸手："每人十五。"我不敢怠慢，乖乖递了三张大票过去。人家接了，又问了一句："要收据吗？"我哪里敢要，他挥挥手，就让我们走了。

出得门来，两个人深深地舒了一口气，自由的感觉，就像在春日里脱去了冬衣，顿时轻快无比。我们对工头千恩万谢，工头摆摆手说：“小兄弟，别再进来就行了。”

钱被罚去了一多半，可我们离着北京还有几百里地，要想回家，只能咬着牙继续扒车。不过我们也改变了策略，一辆车不可坐得时间太长，估摸着快查票了就提前下车，换一辆再上。这一招果然有效，我们再也没有被抓到过。只不过，我们三站一下，两站一躲，走走停停，进程实在是慢。坐车虽然没掏钱，可每天总得吃饭。眼看着兜里没了银两，只好省吃俭用，每天两个烧饼，就着车站饮水处提供的开水，勉强混饱肚子。又加之蹲车站，钻墙洞，睡闷罐子车，没地方洗涮，不到半月，两个人真如叫花子一般。这一日，终于到了石家庄。

白天目标太显，我们决定夜里再混入车站。眼看时间尚早，石家庄又从未来过，两个人就在市里瞎转。中午时分，正好到了桥东区，这里都是国营大厂，什么制药厂、国棉厂之类，正值饭口，只见工厂的大门涌出了许多身穿崭新的土黄色军棉服，头带皮帽子的年轻人，手提饭盒，成群结队，吵吵嚷嚷的，好不热闹。他们个个脸上红扑扑的，神情欢快而自豪。一打听，才知道是这里的国棉厂为东北和内蒙兵团棉纺厂培训的职工。看到此，我和黄毛感慨万千，我们都是同时走出校门的知青，人家去了兵团，有组织，有人管，连衣服都有人发，而我们插队的，却如孤魂野鬼一般，走到哪儿，都被人当做盲流看待。我俩自惭形秽，不敢多看，赶紧跑了。

我们顺着铁路走了很远，终于找到了一处缺口，待到天黑，便混入了车站。

车场里停着许多闷罐子车，黄毛瞅准了一辆，说前边挂着车头，肯定是向北边开的，我们扒开了一节的车门，钻了进去。车厢里有几个麻袋，软软活活，正好当做枕头，两个人靠在上面，舒舒服服地躺下，想着明天就可以到北京，结束这倒霉之旅，心里放松了，不一会儿，就睡着了。

哪知到了半夜，车厢外突然传来当当的敲击声，把我们从梦中惊醒，估计是工人在检查车辆，我们屏住呼吸，不敢出声。脚步声在我们这节车厢跟前停了下来，车门突然被拉开，一道强烈的手电光照到我们的脸上，随即听到一声吼叫："干什么的?!"

不好，被人发现了，我和黄毛一跃而起，说声快跑，便拉开另一侧的车门，跳了下去。刚跑了没几步，后边传来了一声地道的北京腔："哥们儿，别跑!"

听到此腔，我俩停住了脚步，转过身来，看着此人慢慢走近。他歪戴个栽绒帽子，穿着匝成一条一条的铁路棉制服，左手持电筒，右手拎了一柄尖头的铁锤。虽然看不太清他的脸，但也能感觉年龄与我们相仿。他小声问道："哥俩是北京的吗?"我们忙说，是在陕北插队的知青，想扒车回北京去。

他把我们带到一个避风的地方，三个人蹲了下来，他掏出烟，给一人叼了一根，大家狠嘬了几口，他才说："我一听声音就知道你们是北京的，甭怕，我不会轰你们走。"随后又自我介绍说："我也是北京的，铁路学校毕业，分在石家庄机务段。我的许多哥们儿也去插了队，知道你们不容易。"

他又说，幸亏遇见我，你们待的那列车，明早挂上车头要去武汉，你们还做到北京的梦呢，要是不下来，一觉醒来就看见长江水了。

听了此话，我俩不禁大惊失色，我瞪了黄毛一眼，骂道，你小子就没有一回把道儿指对过。他带领我们穿过几条铁道，来到一列车前，拉开车门，让我们钻进去，并叮嘱我们道，这个车明天一早去北京，不过，你们千万别到北京站，那里把得很严。你们在丰台就下车，然后顺着铁路往回走，大约一百米左右，有一个铁门，是路段的料库，进了门，你们找一个叫谭辉的，他是我同学，外号叫坛子，就说是刘晓洋的朋友，让他带你们出站。

没等我俩说谢，他嘱咐了几句，转身敲打车底去了。没过多久，他又拉开车门，扔了一包东西进来，也不说话，悄悄走了。我俩打开一看，原来是两个馒头，外皮烤得焦黄，还是热乎乎的。想必是他自己的夜宵，在值班室的炉子上烤着，专为我们取了来。

待到天明，列车猛地晃动了几下，终于开动了。黄毛趴在车门缝向外看着，惊喜地对我喊道，是往北，是往北！我急忙把他拉下来，免得叫别人看见。

扒了一路的车，就这段坐着舒心，虽然没敢向车外看，可保定、徐水、高碑店这些熟悉的名字在心里边一一驶过，我们离北京越来越近了。

车到丰台，我们悄悄溜了下来，依照刘晓洋的吩咐，找到了料库。一进门，就见当院里站着个红脸汉子，正在水龙头前洗脸，见到我俩鬼鬼祟祟的样子，用手一指喝道，呔！哪儿来两个臭要饭的，瞎钻什么！我俩赶紧说找“坛子”，又搬出了刘晓洋，那汉子用怀疑的目光上下打量了我们半天，后来一听我们是知青便乐了，说：“我就是‘坛子’，刘晓洋这小子又在给我找麻烦。”

他把我们拉到屋里，问我们从哪儿来，吃了饭没有，他桌上摆着稀饭、馒头和咸菜，我们也没客气，一边吃一边跟他聊这一路的经历，他听得乐不可支，不时用手拍我们的肩，骂道你们两个小子可真行。他的手很重，打得我差点把馒头都扔了出去。吃完了饭，还不让我们走，拿来了毛巾肥皂，指着院中的水管子道："你们俩好歹也得洗一下，跟个叫花子似的，别影响市容啊。"亏他想得周到，我们起码有半个月，既没洗过脸，也没照过镜子，那模样，走在北京的街上，非把警察招来不可。

我俩脱了外衣，躬在水龙头跟前，一通狠洗，直搓得满脸通红，像扒了层皮，从里到外都感到畅快，"坛子"心还挺细，拿了盒蛤喇油让我们抹上。收拾停当，他看了看我们，满意地说："还像个学生样。"随后，他把我们送出了门，说，以后有机会过来就找哥哥我，肯定比刘晓洋好使。不过别再告诉别人，人太多了我也受不了。

出了丰台站，我便与黄毛分了手，因为他家住的和我不是一个方向。此时我的兜里只剩下三毛钱，怎么计算，回家都是不够的。丰台到永定门车站只有一趟郊区车，我打定主意，先混上去，能逃票就逃票，谁知一上车，那个售票的大姐就盯住我看，票是逃不成了，我索性走到她面前，跟她说我是个知青，想回家但身上没有钱。我准备着她把车停下来，把我轰下去，谁知她听了没有发怒，反而一笑道："自打你一上车，我就知道你是个知青，从哪儿回来呀？"我说是从陕西。她说："那可真不容易，你累了吧，来来来，请哪位乘客给这位小兄弟让个座，这一路肯定够辛苦的。"

要说还是咱家乡人热情，谁见过给小伙子让座的，可这么荒诞的提议居然就有人响应，一位大哥马上起了身，我哪好意思坐，大姐便硬把我按在了座位上。我真是受宠若惊，这一路上，被人赶，被人抓，听着呵斥的话，见的是白眼，已成了习惯，在有些人眼里，知青与盲流无异，这位大姐，却让我实实在在感受到了人情的温暖。一路上，她和我聊着天，我才知道，她的妹妹也在陕北当知青。

我就坐着到了永定门车站，和大姐告了别，她好像并不在意这件事，应了我两句，就匆忙去干她的事了。

再坐 14 路车到我家，车票只需一毛五，还有一毛五的剩余，我大方地买了根冰棍儿，含着上了车，然后像个幽灵似的敲响了家门，爸妈正为我的失踪焦虑不安，见到儿子突然出现，自然欣喜不已。

其实，我们若是规规矩矩买票回家，也花不到四十元，三四天的工夫就能到北京。黄毛的省钱计划，却使我们不仅花光了所有的钱，路上饱受磨难，还耗费了将近一个月的时间。年轻时经常干一些荒诞的事，由此可见一斑。说起回家的经历，恐怕每个插队知青都有一肚子的故事。在那个混乱的年代，社会失范，三教九流，都按自己的规矩行事。知青年少，兜里又没有几个钱，所以回家的方式，是八仙过海，各显其能。对与错，这里不做评价，只是从中折射出当时的社会状况，让后人从另一个侧面了解那一代人，可能还有点意思。

西营村景
画于一九八
三年七月
二十二日

山里的话，撂在脚把把

风儿缓缓地吹着，在暖春时节，给高原带来万物复苏的气息。山里干活儿的人，也变得活跃了许多。翻开的土地上，到处可以看见蠕动的小生物，人们憋了一冬的话，随着风儿，飘散到沟沟岔岔。

山里的话，撂在脚把把。在山里，话可以随便说，玩笑可以随便开，说完了，被风吹了去，撂到土里去，没人会计较，更没人去打小报告。就像许多地方的山歌，绝对不可以在家里唱，却能在山野中放荡无边。

一眼望不尽的山梁，隔开了城市的喧嚣，不便的交通，使外边如火如荼的“大革命”，无力搅乱这里传统的生活。人们春种秋收，关心的是每年的口粮；娶妻生子，过的是传宗接代的日子。最贴近的，是黄土地，是四时风雨，是乡里乡亲。原始的生存状态，保持着这里纯朴的民风，西部游牧民族遗传的放荡不羁的血脉，又使得人们粗犷、豪放。他们敢爱敢恨，心里怎么想就怎么说，直来直去，不加掩饰。

首都对于我们这些知青来说，已经变成一个遥远的世界，连同它曾经给予我们的虚荣，那些应时的教科书和报纸社论，都渐渐被山里人实际的生活态度取代了。我们开始从柴米油盐而不是书本概念去思考问题。山里的话，无拘无束，用淳朴真诚的语言，重新向我们解释这个世界。

有一次，公社干部到村上来搞路线教育，对农民讲国家、集体和个人的关系，为了强调个人应服从国家利益，他说，你们怎么能离开公家呢？你们一天也离不开公家。第二天，农民在山里就撂开话了，我们吃粮自己种，穿衣自己织布，吃油自己榨，窑洞自己挖，用铁自己打，怎么离不开公家，倒是公家离不开我们，我们不交粮，看他县上的干部吃什么！

这话虽说有些刺耳，却也并非没有道理。山里话不必计较是非，我倒是生动地理解了什么叫自给自足的乡村经济。

上边号召修梯田，许多地方把山修得变了模样。老乡们说，把那生土都挖上来，修的田好看，却不长粮啊！五八年那会儿就修过田，到现在地力都缓不上来。那块田我也见过，庄稼长得确实稀疏可怜。

有一年雨水不错，收获的谷子沉甸甸的，堆满了场。我说，今年的谷子真多啊，老乡说，这还叫多，单干那会儿，我一家收的就比现在全队的还多。说这话的还是地地道道的贫农，我当时不信，结果全队的人都出来作证，说他们家还不算最多的。

这是我第一次听到有人公开说集体不如单干，而且说话的是以诚实著称的陕北农民。类似的话还有很多，在当时可谓大忌，若在别处，少不了要被扣上个什么帽子。可在山里，老乡们不怕这个，他们说，我本来就是个种地的，你还能罚我个啥，那些受了上边处分的干部，就怕被赶回家种地，咱又怕毬个甚！

知青们来插队，上边讲要“扎根儿”，在农村干一辈子。老乡们说，什么干一辈子，上边是看你们这些娃们没吃过苦，叫你们锻炼一下，锻炼好了，还得回去，谁家的爹妈不想自己的娃呢！

这也是我听到关于插队最人性的话。那些动员我们下乡的报告铺天盖地，可有一句提到过我们的父母？

山里人也不是死脑筋，什么事都讲个理，你要说得对，他们就服。虎全子跟我说，十几年前，上边号召种苹果树，乡亲们都嫌挂果慢，谁也不愿种，南边山上有种了的，如今每年都能卖不少钱。咱眼光短，见识浅，不就吃了亏么。

还有一次，虎全子想跟我斗嘴，问道，你说是咱陕北人好还是北京人好？我不想入他的套儿，就说，哪儿的人都有好坏，不能简单地说谁好谁坏。虎全子瞪大了眼睛看着我叹道，你这娃说得硬是有理咧！

山里不光谝闲话，也要商量队里的事。队里有一匹瞎了眼的种马，由庚全子喂着，其他村子经常有人拉着驴来配种，想得骡子。也有时让庚全子拉到外村去配，记分员就写道：庚全子给驴配种一天。众人怎么看都觉得别扭，配种是马和驴两个之间的事，可工分是要记到庚全子头上，该怎么写，还真有点难度。大家坐在地头，七嘴八舌地讨论修改意见。有的说，应该是庚全子和马，有的说，不要写什么马呀驴的，就写庚全子到后村配种一天，准没错。吵吵半天，也没个结果。其实大家心里都明白，只不过找个茬儿逗庚全子玩笑一回而已。

当然，山里话最多的还是“儿话”。“儿话”是什么，是性，是黄段子，是男女之间情爱的话题。

陕北这地方很怪，既传统又开放，人们对于性，并不认为是见不得人的丑事，相反，男女之间的嬉戏、调情，就像吃饭穿衣一样，成为生活里不可缺少的内容。他们以欣赏甚至张扬的方式，把这生命中最原始最本真的情感直白宣泄。

有人专门研究过这种现象，越是古风淳朴的地方，两性关系就越开放。相对深宅大院里封闭畸形的性观念，山野中人反而显得比较健康、朴素和真实。

陕北人把相互用“儿话”取笑叫“犯”，“犯”还是有规矩的，千万不能违反。平辈之间可以，爷孙辈之间可以，而上下辈之间则绝对不行。辈分在以家族为主体的村庄里是至高无上的，但年龄却又在混淆着许多界线。有的老汉得管小娃叫爷，有的小伙子和自己的众多姑奶奶岁数相当，开起玩笑来，占尽便宜，旁人也恼不得。

干活儿的人一出村，口水仗就开始了，小伙子们一碰面，这个道：夜儿个黑里你钻到谁的窑里去了？那个反唇相讥：我咋见你刚从你嫂子的窑里出来。在陕北的“儿话”里，似乎做嫂子的最倒霉，常常成为攻击的对象，连人们的口头禅都是：“日他哥的”。

那时农村都在“大搞农田水利基本建设”，常常男女老少一起上阵，工地上活儿干得热火朝天，姑娘小伙儿的嘴也不闲着。等到休息时，要闹就达到了高峰，通常会有一两个小伙子跳出来充当主角，先是斗嘴，进而就要摔跤，嫂子们一拥而上，将小伙子压在身下，连抓带挠，小伙子忽而又反上来，压得女人们喘不上气。女人们如果势力大，嚷嚷着要扒那小伙儿的裤子，别的男人也不拉架，那他只得落荒而逃。女人们要真下手，他可就输惨了。队长一声开工令，双方各自回营，继续干活儿，可欢闹的气氛会持续到收工。

谁家新娶了媳妇，可要当心，那些闲不住的小伙子有可能去听房，若是两口子亲热得过分，动静大了些，第二天到山里，会有人一五一十地端出来，闹你个大红脸。男人吃了亏，傻笑着不说话，婆姨却不干，要撕那听房者的嘴，便又扭打成一团，那小伙手也不闲着，大吃豆腐，趁机又占了便宜，大家在一旁看着，起哄助威，笑成一团。

到山上是要唱歌的，乏了，闷了，高兴了，忧伤了，只要心里想了，歌声就随口而出。尤其是那些情歌，有不少是以性为主题的，率直而生动，如“割韭菜”唱道：“十七十八的女绣鞋（读孩），没过门儿来怀上胎，点点花儿开。”又如：“双扇扇门儿，单扇扇开，叫一声哥哥你快进来，双手解开裤腰带，呼儿咳呦，哥哥你快上来。”“上身身不动下身身摆，浑身身麻木眼睛睁不开。”还有一首叫“女娃告状”，讲一个女娃向官府告状，说有人欺负了她，通过和老爷的一问一答，表现性行为的过程。老爷问，他把你咋着了，女娃答：“他从腰里掏出那东西，放到奴家肚子里。”老爷又问，啥感觉，女娃答，“一阵阵疼一阵阵麻，一阵阵好像蜜蜂爬。”

这些歌在山里可都是男人们唱的，如果有婆姨们在场，就更加起劲儿。他们带着一脸的坏笑，边用眼乜着女人们边唱：“你是哥哥命蛋蛋，搂在怀里打颤颤。”女人们则红了脸，捡一块土坷垃撇过来，骂着“哈松”，嘴上却是笑的。

栓子的婆姨叫王秀莲，长得不漂亮还邋遢，常常成为小伙子们玩笑的对象。这一天在山梁上歇息，大家吵吵着要给秀莲编歌，一个开口便道，“拦羊的见了王秀莲，羊毛没有身子绵。”另一个接道，“赶路的见了王秀莲，路程再远也要歇三天。”你一言，我一语，不多时一首信天游就诞生了。栓子也不恼，在一旁憨憨地笑。我却听得目瞪口呆，生动的比喻，和谐的音韵，使你很难相信，这是出自大字不识几个的庄稼汉之口。我只恨当时没有把它记下来，否则，恐怕会有一首叫“王秀莲”的陕北民歌在世间传唱呢！

甭看我们知青是从北京来的，可有一件事很让老乡们看不起，他们说，你们长这么大，连女人的×都没见过。也难怪，和我们年龄相仿的小伙子，几乎个个都娶了婆姨，好多还当了爸爸。没成家的人，在他们眼里，就只是个没长大的娃。所以，一到山里，他们就都成了我们“性启蒙”的对象。这变成了“再教育”的一项重要内容，恐怕是号召者始料不及的。

他们的“教材”，除了自身的经历，还有那些民间流传的酸曲、黄段子、性谜语等。他们自称“斗大的字不识一筐”，但脑袋里还真存了不少的东西。我们这些学生，谝“儿话”可占不到什么便宜。锄地累了，刚想喊叫，老乡说，这还叫累，有四种活儿才叫累呢！我问，哪四种，老乡笑道：“打夯、脱坯、割麦、日×！”咱没干够四种，趁早别叫板。

老乡还给出谜语说：“两人对面站，脱了衣服干，为了一条线，累得直流汗。”我说他不怀好意，他却说，我是指锯木头开板，你这娃咋想到那事儿上去了！一下把我噎得无话说，只得认输。

不过时间长了，我们也学会了不少“儿话”，见哪个小伙子干活没精神，我也会攮他：“好菜费饭，好婆姨费汉。你小子悠着点！”

天气渐渐的热了起来，山里干活的人都光着脊梁，任凭日头将身子晒成古铜色。有一天我们在深山坳里锄地，四面山围着，既不靠村也不靠路。十几个男人，谝着儿话，铁锄起落，干得来劲。突然柳保子喊道，这热的天，穿着裤子麻烦的，不如都脱了去。众人皆响应，纷纷解带。我们几个知青，虽然感到有点不好意思，但要不脱，太不合群。都是男人，谁怕谁！一刹时，十几个汉子，赤条条地矗立在山梁上。

阳光均匀地照在身体的每一个部位，风儿从胯下吹过来，那感觉既舒适又陌生。我平生第一次裸露在旷野之中，脚踩黄土，头顶蓝天，毫无保留地接受自然的抚慰。羞耻感瞬息而去，人到没有什么可以遮掩的时候，心里反而获得了一种释然。

男人们在相比，比肌肉的强壮，比皮肤的颜色，甚至比胯下那话儿。此刻，人们没有了老乡和学生的区别，只剩下一群野性的爷们儿，像女娲祖奶奶刚刚造出来的，以原始的方式，显示生命的活力。

这时，天空中正好飞来一架飞机，低低地掠过山头，飞机肚子上的字都被我们看得一清二楚，我们跳着，发了疯似的向它挥手狂呼，我突然想到，如果此时飞行员向下观望，会看到什么呢，赤裸的土地，赤裸的躯体，或许什么都看不见，因为人和土地早已融成一体。

窑前拉话一家人

想起那片林

三十多年前一个秋天的夜晚，在土窑洞昏黄的油灯下，几个知青正在进行热烈的讨论。议题很大，也极具时代特色，即是：如何改变陕北的落后面貌。当时我们插队已近一年，从春种到秋收，山上山下跑了个遍，见识了风霜雨雪，尝到些酸甜苦辣，自然会生出些感悟。大家七嘴八舌，口无遮拦，嚷嚷了半宿，得出的一致结论竟然是——退耕还林。

当然我们还没有那么强的概括能力，总结出个名词来，但意思是差不多的。我们的话是，陕北这地方，根本就不适合种地，要想改变面貌，只有把山地都废了，种上树。至于山地废了之后，当地农民口粮如何解决，我们就想不出来了。那是大人物们该考虑的事，几个小知青深夜论农，有点“位卑未敢忘忧国”的味道，过去读的书还没全忘掉，已经不易了。

但这些话在当时是不敢说的。那时的农村，强调以粮为纲，正在大搞农田水力基本建设，移山造田，搞什么人造小平原，粮食亩产要过黄河，跨长江。你却嚷嚷退耕，逆潮流而动，想找倒霉不是。说完也就完了，自己也没把它当回事，依旧掏土垦荒，铲草除根，干着破坏植被的事。

直到几十年后，退耕还林成了一项国策，我才想起这档子事来。小民当年书生意气，免不了指点江山的毛病，这里也没有表功有先见之明的意思。我只想说，此项决策虽说英明，毕竟晚了一点。小子插队一年，就有此议论，想必专家们早有方略。只是难度很大，需要方方面面统一思想，制定政策，还得人大讨论通过，不是一句话的事。不管怎么说，迟到总比没有强。

记得去插队的时候，坐的是敞篷卡车，刚一进陕北地面，有的女生就哭了起来。一眼望不到边的秃山荒岭，沟壑纵横，灰褐色的土地裸露在苍天下，看不见树木，看不见瓦舍。虽说我们思想上对农村的艰苦生活有所准备，但面对如此恶劣的自然环境，还是让我们触目惊心。

“一道道水来一道道山，风刮起黄沙飞满天”，黄土高原是中国水土流失最严重的地区，植被的覆盖率不足6%。我曾站在高高的罗子山上，俯瞰这片高原。所谓皇天后土，被水流分割得支离破碎，道道深沟，层层山梁，无遮体之草木，显秃兀之苍凉。“荒河裸露无寸土，可怜江山贫到骨。”不知是何人的诗句，却唱出了无奈与心酸。我们当时知道的陕北，只是从书上读到的革命历史，宝塔山延河水，曾带给我们美丽的遐想。然而它真实的状况，实在出乎我们的意料之外。

难道陕北就该如此吗？我们当年的疑问，不是出自书本，而是缘于生活的困惑。后来我倒查找过一些资料，那里的记载让我吃惊，专家们说，陕北历史上曾经是森林茂密，水草丰美，河流湖泊星罗棋布，宜农宜牧。还说“山林川谷美，天材之利多”。现已被荒漠吞噬的靖边县统万城，曾是大夏国都，史书记载，这里“临广泽而带清流”，“仓稼殷富，水草丰美，牛羊衔道”。这和如今景象相比，简直就是另一个世界。

由于历朝历代过度的垦伐，陕北的自然植被几乎破坏殆尽，但犹如蹩脚的剃头匠，总会在边边角角留下些残茬，所以陕北的个别地方，还残存有森林。我去过黄龙、富县的牛武，延安的南泥湾、乔山，延长的石码科，都见到成片的树林。石码科的林子，枝藤繁茂，密得人都钻不进去。山间有流水，壁上有青苔，湿气逼人，哪有干旱的样子。可见先人所记不谬。当地许多村庄的名字，美得叫人心动，如榆树山、杏树梁、松树峰、柏树峁、枣林坪、青杨台等。陕北的百姓实诚，不会瞎说，他们把树作为村庄的标志，我们可以想见曾经绿荫遮蔽，山清水秀的样子。据专家统计，黄土高原地名中所涉及的植物，就有600多种。当年八路军进驻南泥湾，见到的情形是“方圆百里山连山，只见梢林不见天，豺狼黄羊满山窜”。虽然荒凉，但也是林木遍野，郁郁葱葱。

插队的时候，村里的老人们说，他爷爷那辈儿，山上满是大树，他父亲那辈儿，山上还有灌木，到他们这辈儿，山上连草都快没有了。要不是他们信誓旦旦，我绝不会相信，因为我实在想不出，这片秃山长满林子是什么样子。我住的村子里，倒还有几棵树，但举目四野，几乎看不到一片绿荫。只有刘家水道偌大的山梁上，孤零零的剩了一棵杜梨，显得那么不对称。要不是拦羊人想尝点零嘴儿，恐怕它也留不到现在。我也曾在洛河河谷住过一阵子，两岸秃山，大煞风景，据当地人说，原来两边山上都是一搂粗的大树，五八年大炼钢铁时，全都砍光了。现在虽然年年植树，但想还原旧貌，似乎是不可能了。

专家们分析过，陕北近三千年来，天然植被型的分布状况未曾发生较大的改变，气候变化也没有对植被产生毁灭性的影响，堪称黄河头号生态问题的水土流失，归根到底还是人类活动造成的。历史上黄土高原曾经是我国的政治文化中心，人口大量迁移，战乱不断，开荒屯田加之滥垦滥伐，造成农业生态系统长期超负荷运转，森林生态系统遭到了彻底破坏。

历史上的事咱不说，仅就我插队时的所见所感，虽不全面，也还是能说明些问题。大自然其实是有一定恢复能力的，每场雨后，崖边上会迅速地长出蒿草，没人到的地方，不知不觉会生出小树。只不过，它们存活不了多久，形不成具有生态意义的植被，原因有三，一曰开荒，二曰放牧，三曰砍柴。

陕北干旱半干旱的气候条件，高低不平的地势，荒凉贫瘠的土地，本不适于农业耕作，无奈人口众多，张嘴要吃，只得向山上要。无水无肥，广种薄收，一亩地打个几十斤，就算不错，有的地方连种子都收不回来。只有靠多开荒，增大面积，来保证粮食的总量。所以把能开的地全开了，哪会给树木草场留下个生存空间。越垦越穷，越穷越垦，陷入恶性循环的怪圈。那时我们扛着老镢，每天工作十几个小时，一架山一架山地掏过去，管你地上长着什么，一概放倒。我们队的一千多亩地，分布在周围十里的大大小小的山梁上，从春耕开始，几乎要用三个多月的时间，才能开垦一遍。土地很少有轮休，有的还要种上两茬。就这样，每年的口粮还是紧紧巴巴的。说起人口，有历史地理学家考证，在明末清初时，黄土高原人口是 1500 万，到了 1990 年，已经增长到 9029 万。如此重负，叫这片贫瘠的土地如何得到休养生息的机会？

粮食如此紧张，钱就更少了，队里每年的现金收入，就得靠放牧的那群羊。拦羊的活儿辛苦却又自在，信天游里许多浪漫的事都发生在羊倌身上。陕北的羊儿却可怜，不像草原上的羊，能在草棵里打滚。陕北裸露的山脊上，就没有多少草，它们爬坡下沟，攀崖过岭，每天不停地吃，也只能混个半饱。逼得山羊学会了啃树皮、刨草根的本事，只不过土地的一点点生机，在它们小铲子一样的嘴下，被扫荡殆尽。陕北村村都有羊，十里八乡的，每天有数群羊在游荡，可想而知，每架山不止被扫荡过一次，纵使天降甘露，植物又如何能长得起来。

就算羊不能啃干净，还有人呢。俗话说，羊能去的地方人都能去，羊上不去的地方还得靠人拉一把。人是要吃饭的，婆姨们每天的一项重要工作，就是烧火做饭。每到饭时，只听得各家风箱拉得山响。巧妇难为无柴之炊，而柴要靠男人从山上背回来，所以在干活歇息时，男人们都抓紧时间搂柴。这柴其实就是草，我印象中主要有黄蒿、白蒿、羊叶子等。若能刨到树根或一两棵灌木，如马茹子，就算有了大收获。山里男人好身手，那些羊都上不去的悬崖绝壁上，如果有梢柴，他们也能想办法把它够下来。刚刚长出的小树苗，才手指粗细，就被砍柴大军缴获，填进了灶坑。白蒿就是艾草，光冒烟，不出火。黄蒿好烧但不禁烧，轰地一下就完了。最好的就是羊叶子，火力旺，山上也多。一天三顿饭，一年三百六十五天，这么多的村庄，这么多的人，要烧掉多少植物，才够糊口？有人会问，庄稼的秸秆不是可以烧吗？在陕北，庄稼矮小，粮食产量低，秸秆也少，况且还有相当一部分用作牲口饲料，剩下的，远远不够。

没有了植被，松散的黄土就失掉了保护，我们的镢头，把每一架山的土都挖得松松的，等着风来刮，由着水来冲。陕北没雨可怕，有了雨，特别是那种“老白雨”更可怕。它可以把成千上万方的土一下子冲走，在山谷中形成汹涌的泥流，带着轰鸣，咆哮而下。推倒房屋，卷走牛羊，平时懒洋洋的河道，瞬间变成狰狞的巨龙。我们插队的第一年，就有知青由于缺乏经验，听到山水下来的声音，却不知及时躲避，结果葬身洪涛之中。水土流失对于我们，已不再是书本上的名词，它带给人们的是恶劣的环境，辛苦的劳作，微薄的收成，贫困的生活。

陕北终于开始退耕还林了，这是人们在饱受大自然的惩罚之后，作出的正确选择。历史上，我们从这块土地上索取了太多的东西，使它贫瘠若此，如今，该是偿还的时候了。我总想，那片林子，它原本就在那里，在我们人类进驻之前，它是这里的主人。守护着黄土地，保持着有限的水分。它也曾宽容地接纳了我们的前辈，奉献出木材、果实和土地。而人类无节制的垦伐，却让它彻底消失了。人们得到了属于森林的土地，同时也得到了荒漠和贫穷。我们似乎不应该苛求祖先和当地的百姓，个体的生存需要，常常使人无法顾及整体的环境和长远的考虑，解决这样的问题，需要国家的大政方针和全社会的努力。

我回过一趟延安，沿途山上，已初见绿色，让人高兴。可我年轻的同伴却没有这种感受，他们还在问我，当年怎么会到这么苦的地方来。我无法向他们解释，东西部的巨大差距，使人在认识标准上产生了不同。来自青山绿水地方的人可能不知道，黄土高原上的一点点绿色，包含了多少汗水与辛酸。西部就是西部，它独特的地理环境和气候条件，必将使人们付出加倍的努力，但我也知道，只要有了绿色，就有了希望。

拦羊娃
一九八三年七月廿日
画于西沓村

塬上说水

我下乡的地方，是陕北延长县。落户的村子，在延河北岸，叫郭家塬。

谁在哪个村插队，是在北京时就分派好的。当时我们接到通知，却都不知道这个“塬”为何意，忙去查字典。字典上写道：“塬，我国黄土高原地区因流水冲刷而形成的一种地貌，成台状，四周陡峭，顶上平坦。”这几行字，反而给我们带来更大的疑惑，难道我们将要住到一个高台子上，“四周陡峭”，人可怎么下来呢？

等到了村里才知道，所谓塬，并不是我们想象中的一座孤立的四方高台。它其实就是顶部平坦的黄土大山，四面八方有山梁与它相连，有坡可上，有路可行。塬也有大小，渭北的塬，攀上之后，行百里也不见头。而延河以北的塬，只可称作残塬，顶上平地已经不多了，断断续续，大的面积不过几十亩。它更像是一块平原的残骸，在沟壑中，保留了一点旧日的身份。和周围的山峁相比，塬的地势最高，俯视天下，有股君王气势。从山下望去，塬上村落，状如点苔，高傲而孤寂。

黄土高原上的村庄，基本上处于三种地型，就是川、沟、塬。当然还有些半山半坡的。虽然只是山上山下，鸡犬之声相闻，但不同的地理环境，却使三种村落的人们形成了不同的生活方式和习惯。

能够生活在川里，在我看来是一种福分。河水在高原上冲撞，留下了大片的河滩地，有的宽长各数里，平坦开阔，常见当地农民将其伺候得像棋盘似的齐整。村庄紧靠田地，生产自然便利。所以人们对川，多有溢美之词，什么“米粮川”之类。但我更看重的，是这里交通的便利。因为陕北的公路，大多是顺着川走的。每日可见汽车来来往往，多少带给人一点时代的气息。县上的一些机构，也多建在川里，如林业站、变电所等。所以川里的农民，比起山沟里的人，显得开化了许多，说话都经常带些新名词儿。不像我所在的村子，虽然离公路只有几十里路，竟有些老年人，一辈子都没有见过汽车。

然而，如果和沟比起来，我还是愿意选择塬。

住在沟里，开门见山，像屏风似的挡住视线。日出三竿，沟里有些地方还是黑的，傍晚夕阳正红，沟里却早早没了光亮。除了眼巴前儿的几里路，很难看出山去。

塬上就不同了，天高地阔，一抬眼就可望穿百里。那些沟峁坡梁，层层叠叠，尽在脚下。每天迎日出，送日落，云起自何方，雨洒在何处，全都看得清清楚楚。有时晨起，高原一片云海，山头变成了孤岛，风起云涌，拱着一轮红日跳出来，甚是壮观。我就想，此等美景，沟里如何能见得到，天低云暗，好不憋屈。

记得曾有哲人论证过，说人们的心理状态，是与所处的海拔高度相关的。所以平地上的人们，时常要“登高望远”，“会当凌绝顶”，去寻找“一览众山小”的自信。我想，可能就是因为住在塬上，才使我们插队时的心境，相对好了许多。不顺心的时候，站在山头吼上一气，让那些烦恼，随着风飘得远远的。有时就在塬畔上坐着，一语不发，望着天苍地莽的景色，使心境慢慢平复下来。后来我出去学了美术，采风时回过村里，发觉山前山后尽是好风景。当年虽没有这样的专业心理，但高山长云毕竟给了我们些许的抚慰。

可塬上的生活，也有致命的缺点，就是缺水。我这里说的缺水，是指生活用水，因为在陕北，不论是川、沟、塬，基本上靠天吃饭，水浇地甚少。但川和沟，靠着河流与山泉，吃水是不用发愁的。那里大多有雕凿得很好的水井，而且一个村子还不止一处，担水并不需要走多远。我常见沟里的婆姨女子们，在小河边洗衣服，顺着河沟排成一长溜儿，说说笑笑，捶捶打打，好不热闹。这种景象，在塬上是看不到的。女人们是离不开水的，不论生在多么穷的地方，也总是要梳洗打扮。尤其是川上的女子，甭看成天也是粗茶淡饭，却长得葱似的水灵儿，皮肤白嫩，都说是水好的缘故。人们对塬，可没什么好话，冠之旱字，称作旱塬。所以在女人们的心里，塬是个可怕的地方。她们不愿嫁到塬上去。有歌谣这样唱道：“你大你妈爱吃蒜，把你嫁到塬上边，塬又高，井又深，手扶辘轳骂媒人”，就代表了她们普遍的心理。平地人编排了许多塬上人的生活故事，如一辈子洗几次脸之类，作为笑谈。也难怪，塬上缺水，是千真万确的事。我们村口有一个涝池，不大，积存了些雨水。每日里牲口在这里饮水，婆姨们在这里洗衣，那水早已变成了浓黑的颜色，发出腥臭的味道，可人们仍在使用。若在沟里，别说用了，恐怕看一眼都觉得恶心。

塬上的人吃水，一靠驮，二靠挑，三靠窖，也就是旱井，积存些雨水。我喝过窖水，用桶打上来，水黄黄的，上边浮着羊粪和柴草。当时口渴，顾不上许多，吹开了就喝，也从未拉过肚子。老乡告诉过我这样的故事，说早年间大旱，窖里的水也干了，有一个年轻的寡妇，带着一个五六岁的孩子，家里贫穷，没有牲口驮水，万般无奈，母子俩到山下打了一小桶水，用根小棍儿穿着，俩人几步一歇，提着往山上走。回到半路，见塬顶飘来了乌云，也听见了雷声，心想，既然下雨，窖里肯定有了水，母亲心疼孩子，就把水泼掉了。不料上到山顶一看，那云并没有落下雨，而是飘到别处去了。寡妇懊恼丢了水，一时想不开，竟然自杀了。这个故事足够心酸，但我宁愿相信它是个极端的个案。可塬上人宁肯给你吃个馍，不愿给你喝碗水的记载是有的。如果不是插队到这里，我怎会想到还有人在如此缺水的环境下生活。

驮水是塬上人一项重要的生活内容，由于壮劳力要上山干活，这项工作通常由老人和孩子们承担。每天早饭后，人们赶着毛驴，驮着木桶，成群结队地从塬上下来，驮满了水，又慢慢悠悠地往上爬，一趟大约得两三个小时。驮水的桶叫驮桶，木板做，铁条箍，全封闭，桶壁高于桶面。桶面上留两个小孔，供灌水用，水灌满了，用木塞塞住。木桶上有一道结实的横梁，这桶空的时候就不轻，灌满了水，足有七八十斤重。若是一个人去驮水，把这两满桶水放到驴背上需要些技巧。驴背上有一个专门用作驮水的木架子，先要把一只桶横放在木架上，扶住，另一只手提另一只桶，一个猛劲儿，提上木架的一端，那只桶再斜放下去抵住另一端，两个横梁相对，迅速用铁链拴好。陕北的驴普遍个儿小，两桶水压上去，颤颤巍巍的，在陡坡上亦步亦趋，看得人心惊肉跳。驮水的路，是村里最繁忙的路。天旱时，路被牲口踏成厚厚的浮土，你若见山梁上黄土飞扬，就知道，驮水的人下来了。

知青们用水多，两桶通常不够。仗着干农活锻炼了肩膀，就再挑一担水上去。一担水近百斤，驮水的路是道大坡，几里长，坡度很陡，担子一上肩，就没个歇处。直到窑里，这担水才能放下来。担水上山，既是个力气活儿，又是个技术活儿，身体得就着扁担颤悠的劲儿，一步一摇，稳稳当当，水不得洒一滴出来。否则到家只剩半桶，会被人笑话。能挑水上山的人，当是好把式。

我们塬下的沟掌里，没有石崖，泉水是从地表涌出的。人们见哪处泉旺，就掏个坑，用柳树枝在周围拦一拦，权当井口。下场雨，就没了，还得重挖。水取得多了，井就混了，人等不及，混水也灌，到缸里慢慢澄着去。

水取之不易，用起来就格外当心。生怕糟践了。这两桶水，首先要顾了全家人的饮与食。家里人口多的，还真得估量着用。平日里半盆水，能把全家人脸擦个遍，剩下的，还要擦灶台、瓦瓮、炕沿儿。盆底儿，让狗舔干净。余下的水，还要喂猪和其他牲畜。

农忙活紧，庄稼汉饭都在山里吃。往山里送饭的人，一头挑着干粮，另一头挑着水。这水可不是什么米汤之类，而是从家家户户聚来的蒸锅水。婆姨们把蒸熟的玉米馍用手巾包好，装上一小茶缸腌酸菜，然后将蒸锅水一点点舀到桶里，送到山上还是热的。蒸锅水可不好喝，一股屉布的味儿。人渴了，也不管什么味儿不味儿，灌到肚子里再说。有时蒸锅水也不够喝，就去担窖水。我在上边说过喝窖水的滋味。如果山里地块儿离村子远，连窖水也担不上，渴急了，就爬到哨洞里去寻找积存的冰雪。也真有奇的，六月天骄阳似火，洞里还真有残雪，捧出来，吃到嘴里，冰得扎人。每天干活回来，除了累，就是渴。一进门，扑到水缸前，用马勺舀起来就是一通狂饮，方才解气。

喝水都如此困难，洗就免了。知青们一个月不洗脸，半年不刷牙，成了常事。好在大家都如此，谁也别说谁。记得插队半年头上，几个人不知为什么，突然想要刷牙，费了半天劲儿找到牙具，站在门口一通鼓捣，引得一圈儿人围着看，学生家口吐白沫在干吗呢？衣服就更别提了，棉袄蹭得油亮，蓝制服成了土色，有的知青新衣服上身，一直穿到烂到扔，竟然一次都没有洗过。加上有些人确实懒点，满脸渍泥，袖口挂絮，说是斯文扫地，一点不假，狼狈得竟不如当地村民。当然这是极端。也有爱干净的，衣服一次不洗也不像话，就专门歇工一天，把衣服驮到山下去，好歹过一遍水，晾干了，再驮上来。这是实在看不过眼了，才会如此大动干戈，一年之中，有数的几回。

当然如此邋遢，也不都是缺水的原因，反映了一种颓唐的生活态度。原因多种，这里不加评论。插队的生活，有许多值得回忆的地方，但我印象最深刻的，还是关于水的故事。

现在的陕北，已经发生了很大的变化，我插队的村子，早就抽水上山，目前，又在打深井，旱塬喷水的景象很快就会出现，恐怕没人再喝蒸锅水了。延安有些地方，驮桶已经变成收藏家们竞相追求的藏品。听到这些消息，我很欣慰。解决吃水问题，是为当地人民造福的一件大事。但在整个西北地区，现在仍有许多乡村吃水困难，生态环境还没有得到有效的改善。而且水资源的浪费，在很多地区并没有引起人们的足够重视。没水的地方要让它有水，有水的地方可千万别变了没水，因为缺水的日子，实在是不好过。

有些破败之处
却颇具古意

六　月　雪

干农活的人，最关心的便是天气。尤其在陕北高原，完全靠天吃饭，所以对雨的渴求，非同一般。插队离开北京之前，先去书店寻了几本“看云识天气”的书，恶补了些气象知识，什么“早霞不出门，晚霞行千里”“云往东，马车通，云往西，淋死鸡”之类。说起来还管点用，在日后的生活中，多数都应验了。后来，又学得了许多老百姓口传的例如“有钱难买五月旱，六月连阴吃饱饭”的生产农谚，所以每日看天，总能判断个八九不离十。我想每一个当过知青的人，若聊起天气来，都会有一大堆话可说。

虽然离开农村已经多年，但关注天气的习惯却一直没改。若从天气预报上看到陕北有雨，心中自会生出些宽慰，希望那里风调雨顺，老百姓能有个好收成。家人常有不解，问道：看天气预报你乐什么？在黄土地里滚过的人，不论走到哪里，总会带些泥土的痕迹，想去掉也难。

陕北自古就有“三年一个丰平歉”的说法，是指每年的雨量影响到农业生产，丰收，平收，歉收，三年一个轮回。可我在陕北的几年中，老天爷却没按规矩办事，天气基本上以旱为主，其中还有一年是大旱，弄得许多地方颗粒无收。中央紧急向陕北调拨粮食，以解燃眉之急。一时间，陕北公路上出现了长长的运粮车队，浩浩荡荡，颇为壮观。人们编出歌来形容陕北的气候是：“旱灾多来水灾少，晒得水往天上跑，西北风吹到别处了，这做法谁能受得了。”话又说回来，即便陕北丰收，和全国水平比起来，还是差了一大截，也就是仅能糊口而已。我曾系着白羊肚手巾，在我们队的玉米地里照相，给家里人寄去，想让他们看看新农民的光辉形象，家人却回信问，你们那儿的玉米怎么那么小？我顿时扫兴，心中暗道，你看到的还算大的呢！

陕北高原上的农作，十八般武艺都有，而独独没有浇水这一项。这里平地很少，大部分农田都挂在山上，有些坡度大得连人都站不稳，别说没水，就算山下有千眼泉，又如何能浇得上去。所以在陕北农民心中，雨水是至为金贵的。有雨就有收成，有收成才能活命。人们除了拼命劳作之外，还想方设法地取悦老天爷，闻名于世的陕北秧歌、腰鼓，其实都起源于敬神的活动。农民们的雨水情结，自然也会影响到知青。

知青们盼雨，固然有和老乡们相同的原因，但还有心照不宣的一面，就是为了歇口气。陕北是广种薄收，劳作辛苦。每日顶着星星出，戴着月亮归。从春种到秋收，要想休息，只有等到雨天。所以每到傍晚，就要看云。若见西天红霞万丈，心里便要叹道，明日又要晒一整天了。最盼望一早醒来，听见窗外淅淅沥沥的雨声，身子立刻放松了，倒头又睡，像昏过去一样，直到晌午时分才起。

说陕北缺雨，倒也有例外。有一年秋季，老天竟缠缠绵绵地下了近一个月的雨，下得连我们这些想偷懒的人也犯了愁。庄稼收不回来不说，吃饭也成了大问题。柴火都淋湿了，也推不成磨，窑里虽然有粮，但都是带壳的原粮，吃不到嘴里。只能用仅存的一点干柴，每日烀一锅红薯，也不正点开饭，谁饿了就啃上几口。更没有菜，只剩一坛腌辣椒。这一个月，直吃得我口吐酸水，也永远告别了辣椒。这雨虽然下得时间长，可真没下对时候，可惜了。

高原看天，甚是畅快。这里空气澄澈，没有污染。一眼望去，可及百里。晴天时，天空瓦蓝瓦蓝的，深邃无边，云白得耀眼，低低地垂在头顶上。尤其是夏日，高原常有阵雨，你可见远远的一片云，挂着长长的纱带，随风在塬顶上摆动，不多时，就带着凉意，飘到眼前。山里的雨，常常顺着沟走，有时，就看雨快来了，却在你眼前绕个弯，顺着另一道山梁飘然而去，让人空欢喜一场。在陕北，春风，夏雨，秋阳，冬雪，各有各的景致。每日里在山上干活，风吹日晒，踏霜冒雪，成了家常便饭，不必多说。但有一次经历，却使我终生难忘。

那是一个夏日，晌午过后，骄阳似火。队长吆喝着出工，刚走出村子不久，忽见西北方天上驰来一团黑云。这云色浓似墨汁，在空中剧烈地翻滚着，云中像是有火，不时爆出闪电的光亮，同时发出可怕的雷声。我见过白云、乌云、彩云，可从来没有见过黑云。它就像一头张牙舞爪的怪兽，挟着狂风，在天上任意驰骋。小时候看童话，知道神仙驾的是白云，魔鬼驾的是黑云，今天如果有人说云里有牛魔王，我绝对相信。

黑云像一座大山，直向我们的头顶压下来。队长一见此景，急忙招呼人，撒腿就往回跑。我见队长都如此慌张，情知不好，便跑得比他还快。刚刚躲进窑洞，那雨挟着冰雹噼里啪啦地砸了下来。雨势之猛，仿佛天裂了一般。冰雹打在窑顶上、碾盘上、石板上，声似爆豆，溅得四处乱跳。眼看院内的树木、瓜藤瞬间枝折翠损，落得一地的残叶。我在窑内，暗自庆幸，多亏队长撤退及时，否则这满头的青包必是免不了。

雨下了近一个小时，突然止住。我跑出窑洞，顿时感到寒气逼人。来到硷畔上，举目一望，眼前的一切，将我惊得半晌舌头都没缩回去。这百里高原之上，竟是漫山皆白，像落了场雪一般。冰雹大小且不论，密度之高，范围之大，真是前所未闻。若只集中在一山一村，倒还罢了，炎炎六月，居然"原驰蜡象"，若非亲眼所见，恐怕别人说出大天来，我也不会相信。我单衣短裤，站在六月"雪"中。发抖的不止是身体，还有心灵。它带给我的决不仅仅是寒冷和惊愕，它突然使我想到，在这大千世界中，有多少事情我们并不知道，有多少事物我们根本没有见过。我从小就接受"人定胜天"的教育，来到农村，也要"战天斗地"，而"天"是什么，威力究竟有多大，其实我们并不清楚。我在那场史无前例的"大革命"中形成的狂热之心，在顷刻之间，受到了颠覆。人们常说"经风雨，见世面"，在那个思想禁锢的年代，自然界常常会给我们更多的启示。

雹灾之烈，也是令我想象不到的。地里齐腰高的玉米，只剩下不足一尺的短茬，谷子苗更没了踪影。洪水冲垮了土坝，却在沟里积出了厚厚的冰坝，在背阴处，将近一个月都没有化开。队里的一个羊倌，下雨时没能跑回来，在沟里被雹砸水冲，险些丢了性命。接下来的工作，便是补苗抢种，队里男女老少没少费力，好歹保住了一年的收成。

以后的日子里，也见识过冰雹，但再没有如此规模。不知如今陕北，天气如何？

龙安村历史悠久
相传古时曾驻
过兵 如今虽断
壁残垣 当年数
楼仍可见一斑 此
幅画于龙安古
城墙内
七月二十三日记

延河涨水

当我们蹚过延河到达南岸的时候，西边天上黑沉沉的云已经压了上来。峡谷里的风带着水气，吹得人周身凉爽。延河的水刚刚过膝，脚趾踩着硬硬的石底，任水流挠着脚心，痒痒的。我们从遥远的旱塬上下来，许久未和水如此亲近，一行人蹚来蹚去，嬉笑打闹，就是不愿意离开河道。

我们插队的村子，在高高的塬上，离延河还有三十多里的路。虽然平时给家里写信，常说我们生活在延河边，那只是一种象征的表述，延河实际上与我们没有多大的关系。偶尔从河边走过，见到这里的人们傍水而居，心生羡慕，这次好不容易和水亲密接触，怎能不玩个痛快。

连保子有些着急了，他是我们的房东，受队里委派，带着知青们到延河南岸来割荆条，而不是玩水的。来回六七十里的路，要当天返回，不抓紧时间哪成。在他的连拉带拽下，这帮大男孩终于上了岸。

延河南岸的山坡上，长着一蓬一蓬的灌木，有一人多高，连保子告诉我们，那就是荆条。奇怪的是，一河之隔，北岸的荆条就长不起来，即使有那么一棵半棵的，也是半死不活，高不过膝。而在南岸，则郁郁葱葱，枝繁叶茂。我们扑向树丛，各自守住一片，挥舞起镰刀，捡那枝条长的割下来，再打成捆。众人拾柴，七手八脚，不一会儿就积了一堆。这荆条可是个宝，我们挑粪的筐，存粮的桶儿，都是用它编的。本来这东西在集上也可以买现成的，可当时不是讲自力更生的延安精神吗，大家一致决定要自己动手编筐，学会一门手艺，所以，便有了此行。

山里人会看天，自打过了延河，连保子就显得有些心神不宁，他不时地看云看水，催促着大家快点割，这时风刮得更紧了，黑云直压在头顶上，延河的水也在涨，三个小时不到，河面比我们过来时几乎宽了一倍，远处还传来沉闷的声响。连保子终于忍不住了，他大声地招呼大家，赶紧收拾东西，向北岸撤。他说，如果上游再下雨，引起山洪暴发，我们将被困在此地，回不去了。我们看着他严肃的表情，又看看阴沉的天，也明白了事情的严重性，大家捆好荆条，别好镰刀，排成一队，顺着来时的路，慢慢下水，向北岸进发。

此时延河的水已经没过了腰，水流明显加快，颜色混浊，稠乎乎的。虽然我们下水前都脱去了长裤，有几个小子甚至光着屁股，还是感觉到巨大的冲力。水里像有无数只手，拽着我们的双腿往下拉，稍不留神就会跌倒。我们头顶着沉重的柴捆，一步一步地向前挪，脚下似有百斤重量。一只脚站稳了，再挪动另一只。大家都怕滑倒，虽然我们都会游泳，但在这湍急的水流中，那几脚的功夫还管用吗？

好容易登上北岸，还没来得及擦干下肢的黄汤，只听得天空一声炸雷的巨响，那雨瓢泼似的就下了起来。狂风挟着雨水乱扫，打在赤裸的皮肤上生疼，几个人抱头鼠窜，寻找着避雨的地方。忽见前方不远处的沟口处，有一片石崖，崖壁向里凹，好似半边屋脊，几个人躲进石崖下，稍稍地喘了一口气。

这种雨，老乡们称做“老白雨”，下起来，天地皆白，急不可挡。我们放眼望去，延河与对面的山，都看不见了。滂沱大雨一阵紧似一阵，你根本看不清什么雨丝雨线，只觉得天上是裂了口子，哗哗地往下倒水。这雨打在河床上，又激起团团的水雾，反上天空，即刻又被风横吹开去，好似蛟龙翻腾，激战犹酣。河边的树木，被吹弯了腰，树叶抽搐着，纷纷落地。雷声、水声、风声、雨声搅在一起，在耳边响成隆隆的一片。我们藏身的地方，虽然崖顶遮住了头上的雨水，可寒风依旧迎面吹来，把冰凉的雨水一阵阵地泼洒在身上，冻得人瑟瑟发抖。山坡上所有的沟沟坎坎，凡是能走水的地方，此时都变成了大大小小的瀑布，从四面八方向下倾泻着雨水，我们所在的崖底，顷刻变成了水帘洞，水流就挂在我们的眼前，封住了视线。更可怕的是，我们脚下的这条小沟，刹时变成了一股汹涌的浊流，而且越来越宽，慢慢逼近我们的脚边。随着水流的上涨，我们一步一步地后退，最后，身子贴到了石壁上。无路可逃，我们只能眼睁睁地看着洪水在身边咆哮，却不敢移动半步。因为我们知道，山水的力量是不可抗拒的，别看它只有几米宽，你一旦被它冲倒，就得任它摆布，休想站立片刻。

面对这险境，我们不禁有些惊慌，可连保子却相对平静。他靠着石壁蹲着，掏出烟袋锅，费力地打着火镰。他已经把我们安全地带过了延河，可以松一口气了。至于山野遇雨，对受苦人来说，是很平常的事。他终于把烟锅点着，一口一口地嘬着，暗红色的光映在他的脸上，显出一丝柔和。连保子的镇静也感染了我们，大家不再惊慌，紧抱双臂，静静地等待着。

雨还在下，只不过风没那么强烈了，不再把水吹到我们身上。老天爷似乎也有点累了，雨速渐渐慢了下来。沟里的水，漫到脚边，也没在涨了。大家暗自庆幸，塌下心来和白雨耗时间。有人在闲侃，有人甚至打起了瞌睡。也不知过了多久，天空开始变亮，头上的瀑布在逐渐变小变细，最后滴滴答答地断了气，雨终于停了。脚下的湍流露出了石底，黄土山被浸成了深褐的颜色，甚至有一缕夕阳照到了对面的山坡上。

连保子磕掉烟灰，把烟荷包别在腰带上，起身对我们说："回咯!"

众人穿好衣服，收拾好荆条捆，走出崖底，回首一望，人人咋舌。延河已不是匍匐在河道中间温柔的样子，它暴涨了百倍，成了一条汹涌澎湃的大河，淹没了河滩的农田，河岸上的公路，挤着两边的群山，咆哮着肆意的奔流，那浓稠的黄汤，不时激起丈高的大浪，裹挟着从山上和村庄里冲下来的柴草、树木，浩浩荡荡地向下游倾泻，势不可当。水流之快，让我们有些眼晕，虽然站在安全的地方，还是感觉到它强大的气势，有一种被它吞没的恐惧。

夕阳把整个峡谷染成了古铜色，那洪水金涛翻滚，泛着光亮，倒也是罕见的奇景。众人观水，赞叹了一番，便起身往回走。陕北这地方，暴雨来得快去得也快，雨过地皮干，存不住水，刚刚放晴不到半个时辰，山道已和平时一样，脚下没有一点湿滑。我们扛着荆条，盘旋着慢慢登上塬顶。

我们每一个人都从心底感谢连保子，正是由于他及时提出撤退，才使得我们免受洪水的围困，平安地踏上回家之路。

延河每年都要发几次脾气，别看它平时细小瘦弱，可一旦山洪暴发，还是让人感到恐惧。我印象中，最厉害的要属1976年的那一次。延河几乎摧毁了半个延安城。东关那一带的许多房子被夷为平地，洪水还席卷了延安革命纪念馆、王家坪遗址，将许多展品冲毁。曾为毛泽东坐骑的那匹白龙马的标本，也在水中沉浮，被我的一位老师救起，他为此还立了一功。王家坪新建的钢筋混凝土大桥，几百吨重有篮球场那么大的桥面，被打着旋儿地冲到了下游几里路外的地方。作为延安精神形象代表的杨步浩老英雄，竟然也死于这次洪水。

不仅是延安，下游的许多城镇，也遭遇了灭顶之灾。我的同学别广林当时在延长县工作，他说，你不知道那次的雨有多大，人站在窑里，拿着脸盆，把手伸出去，马上缩回来，就能接满满一盆水。那洪水可真厉害，冲进窑洞里，打个旋儿，立马退出去，窑洞里顿时空空如也，连个纸毛也剩不下。他反复念叨：就一下，就一下啊！那回延长县的半条街，被洪水洗劫一空。这里原本就贫困，我不知道，人们要用多少时间，才能挽回这巨大的损失。

我在延安生活的岁月里，有一多半的时间是伴着延河度过的。在黄土高原的河流中，延河算不上长，也算不上大，平日里，它安静而温顺，就像周围的老百姓。虽然它的流量有限，帮不上人们多少忙，可在陕北那干旱缺雨的环境中，它依旧受到人们的珍爱。“远看黄河一条线，近看黄河像海边。”延河虽远没有黄河那么宽，但也是我们在山屹崂里见到的最大的水面了，它多少协调了人们对水的渴望，有一条河总比没有强。只不过我们总是习惯它在缺水时温顺的样子，而忽视了岸边高高的水线给予人们的警告。河流毕竟是河流，有它的缠绵，也有它的野性，如果对此认识不足，因而受到了伤害，平心而论，多半还是人的错。

陕北的革命传说

陕北这地方，在一般人的眼里，脱不了穷困二字。穷归穷，可发生在这块土地上的故事，却异常的丰富多彩。且不说周秦汉唐，金戈铁马，长烟落日，无定河畔的累累白骨，引得文人骚客唱出千古悲歌。也不说明末的驿站汉子，一呼百应，从这里出发，占领了北京城。20 世纪 30 年代，陕北“闹红”，又将中国革命的焦点，定在了这里。

“二月里来刮春风，江西上来个毛泽东”，陕北根据地，为中央红军的北上，确定了最后的方位。吴起镇、瓦窑堡、枣园、杨家岭，这些埋藏在深山沟里的古镇村落，原本无人知晓，自从印上领袖们的足迹，便成为中国革命的地标，从此熠熠生辉。

党中央在陕北扎下了根，卧薪尝胆十三年，终于夺得了天下。毛泽东虽然再也没有回过陕北，可他临别时的一句话：陕北是个好地方，为这块土地定了性。圣地的革命光环，给了这里的人们崇高的历史地位，尽管日子过得贫苦，但心中的荣誉与自豪，却如丰厚的精神食粮，抵消着囊中的羞涩。

我们到陕北插队，处处能感受到革命历史的痕迹。那些出了名的遗址自不在话下，就是跑到偏远的小山沟里，也能见到有的土窑洞门上钉着一个红牌牌，上写着某某领袖某某年曾在此居住过，顿时叫人肃然起敬。

我插队时住的窑洞，就曾住过赫赫有名的独臂将军贺炳炎。我的房东当时还是个孩子，他说那会儿窑顶上架着电话线，警卫员、参谋们跑里跑外的，很是热闹。贺将军很和气，还拿出鱼肉罐头请老乡们吃，我想这一定是从日本鬼子那儿缴获来的。只不过陕北的老乡不吃鱼，觉得“一满不好吃”，辜负了人家的美意。前不久看电影《太行山上》，见到剧中那个挥刀劈贼，血光之中不变色的贺炳炎，方知能集杀气与和气于一身者，才是真将军。

几乎陕北的每一个村子里，你都能找到当过红军或八路军的人，每个人都有自己独特的经历。正如传统文化在民间，主要靠口头流传一样，“闹红”的故事，也被长辈们在灯前饭后，言谈话语之间，叫后辈们听了去。相对于整理成文字的历史，老乡们聊的，更生动，更形象。也许因其琐碎，因其微小，并不能入专家们的眼帘，但我想，老乡们之所以拥护红军，首先不是因为搞懂了革命的道理，民间流传的故事，兴许起了更大的作用。

我们队里的老郭颜，年轻时就当过兵。他说，他那个连队，连长十七岁，而指导员三十多岁，甭看俩人年纪相差很多，合作还挺好。团长也是个年轻人，火爆脾气。有一次部队趁黑夜从敌人鼻子底下突围，团长站在崾崄边上，眼睛瞪得明溜溜的，一手端着盒子炮，一手攥着把苗子（匕首），向着战士们低声喝道，快跑，不许说话，谁说话我就捅了谁！那夜自然突围成功。事隔多年，老郭颜讲起团长的样子，还有点胆战心惊。一句话，一个动作，那个团长的形象跃然而出，远比我在许多书上看到的精彩，难怪老郭颜记忆犹新。

村里年纪大一点的婆姨们还记得，八路军向她们借锅做饭的情景，她们说，那些南方人根本就不会做小米饭，米也淘不干净，常常弄得半生不熟，一边吃饭一边吵，说的那话“一满解不下”。不过他们对老百姓很客气，嘴上大娘大姐地叫着，每次也总是把锅刷干净了才还。陕北女子向来热情，我从她们对待知青的劲头，就知道当年姐姐们是如何帮助这些南方人做饭的了。

参加革命的人虽然多，但命运却各有不同。我插队时遇到的老红军，哪一个不是三几年就参加了革命。我曾见过一对红军夫妇，江西人，经过二万五千里长征到陕北。男的已经当了团长，骑着马带着警卫员，因为负过伤，身体不行，便在边区“精兵简政”的时候复了员，夫妻双双落户到延安城外的七里铺村，当了农民。此后几十年，他们再没有挪动地方，团长变成了生产队长，握枪的手改握了老镢把子。他们的样子，黑瘦黑瘦的，除了口音变得南腔北调，其他一切，和陕北老农无异。

陕北人恋家是出了名的，他们扛枪闹革命，只求将来能过上好日子，并没想得高官厚禄，所以，一旦革命成功，便解甲归田，老婆孩子热炕头，继续吆牛种地。我的朋友久娃，他的父亲曾给首长当警卫员，也是出生入死，立了功的。后来首长进了城，要把他带去给个科长干。他死活不肯，哭着喊着要回家种地。首长虽然觉得遗憾，但也不好强求，就随了他的愿。每当讲起这事，久娃总是耿耿于怀，他虽然后来也上了大学，当上了城里人，“我可是付出了比城里孩子多几倍的努力”。我知道，他是靠在县城给人家做小工，一边挣钱养活自己，一边去学校补习，坚持了四五年，终得金榜题名。

然而比起延妮儿，久娃还算个幸运者。延妮儿的生父是个老革命，胜利后在城里当干部。可惜没几年就病故了，延妮儿的妈就带着她回了陕北，改嫁给老家的一个农民。我想当时在陕北人心中，干部和农民之间还没有那么大的距离，延妮儿妈本来就是从村里出来的，再回到熟悉的生活环境中去，也是很自然的事。我见到延妮儿的时候，她就是一个地道的农村女子，看不出一丝城市生活的影子。她后来和其他女子一样，出嫁生孩子当了庄户人的婆姨，身世中的那一点点别样的色彩，并不能给她的命运带来别样的变化，她也从来没想过应该有什么样的变化。

当然还有更不济的。通往县城的石桥边，有一个提着小篮子卖杂货的老汉，好像是姓段。有一次聊天才知，他老人家年轻时也曾当过兵，而且是在中央警卫团。干了没几年，家里头要给他娶亲，他便回了家。也许是新婚燕尔，小伙子乐不思蜀，竟然自行脱队，当了逃兵。中华人民共和国成立后，他的战友，很多都当上了高级干部，他在家乡，依旧过着穷日子。这是自找，怨不得他人。只不过“文革”清理阶级队伍时，他便倒了霉。他说：“好悬呐，差一点儿就把我选成叛徒了！”我觉得好笑，只听说有选代表选模范的，哪里还有选叛徒的？他说：“可不是，队里开会，讨论我是不是叛徒，吵吵了半夜，也定不下来，最后队长说，干脆举手表决。结果，反对的比同意的多一票。险些就选上了。”

当年边区大生产，出了个鼎鼎大名的劳动模范，听说姓吴。吴一天开荒好几亩，又为主席代耕，成为军民学习的榜样，他的事迹都被编到了歌里，被人传唱，一时占尽风光。四七年胡宗南进攻延安，中央撤退时，怕他因名气太大，被敌人通缉，便把他编入部队，封了个军需部长的官儿，安排了警卫员，配了马，跟上队伍一起行动。战场风云莫测，一日军部突遭胡宗南袭击，首长急令转移，警卫员拉马护着吴撤退，不料，一颗炮弹飞来，在不远处爆炸，战马受惊，把吴掀翻在地，径自跑了。吴是农民出身，丢了匹大马还了得，便不顾警卫员劝阻，只身去追马，结果被敌人俘了去。

吴是名人，虽说入伍不久，好歹也是个高级干部。胡宗南如获至宝，将他当成重大的战利品送至南京，以显示其辉煌战果。国民党也利用他大造宣传攻势，蒋介石亲自接见，好言抚慰，上马金，下马宴，又带他参观国军装备，飞机大炮坦克一通展示，这吴的思想就起了变化。不久，南京的报纸登出了他的反共声明。

这一根稻草并不能挽救蒋介石的命运，没过几年，江山易主，老蒋跑到了台湾。他可没想起带上吴，把他一个人撂在了南京。吴只得回到陕北老家，继续种地。好在共产党也没有为难他，让他善终，只不过对这段历史的表述中，再没提到过他。我也是从别人的口述中，才听到这个故事。陕甘宁边区劳动模范甚多，没了吴，还有郝树才、杨步浩，写历史并不缺乏典型。

在陕北，毛泽东的遗迹最多。人们把他住过的窑洞一一找到，哪怕转战陕北时只住过一晚，也挂上了红牌，成为路线教育的基地。“文革”时，人们称呼毛泽东，必须加上“四个伟大”的头衔，否则就会被人认为不忠。可许多陕北老乡，还依然如故地称他为“老毛”。传说老毛在延安时，每到傍晚，总爱只带一个警卫员，在延河边上溜达，经常是做沉思状，但有时还操着湖南腔和当地百姓聊聊天，所以老乡们说，当时见老毛并不难。

老毛有辆吉普车，据说是美国人送的。延安修了飞机场，就在东关外边，除了起降飞机，还经常用作群众集会的场地，老毛讲完了话，要坐吉普回枣园，中央机关的那些大姐们，就纷纷把自己的孩子抱到车上，让老毛给捎回去，省得自己累赘。老毛也惹不起这帮大姐，就带着一车的孩子，在延安城里“招摇过市”。我想这场景，一定非常有趣，虽不见文字记载，可我不止一次听人说过，当不会有错。

老乡们把老毛的成功，赋予了很多神秘色彩，说他在佳县白云山上抽得了上上签，自有上天护佑，这才东渡黄河，取了北平，得了天下。这话在白云山一带传得很广，不排除当地人有借此提升知名度的企图，白云山至今香火不衰，持西北五省道观之首，谁说没借了老毛的光呢。不过老毛在白云山上看戏、歇息，倒是确有其事。你现在去白云山，在戏台子前的石柱边，还会有人指给你看，那是毛泽东站立看戏处。

老毛下了白云山，东渡黄河不复还。从此，这里的山山水水就再没有见过老毛的面。中华人民共和国成立后，陕北的乡亲进京去看过老毛，带回与他的合影照片，却没有带回对老区的任何经济上的帮助。陕北百姓虽然在政治上翻了身，却依旧过着贫穷的日子。直到20 世纪 60 年代末北京知识青年到延安插队，才陆续向北京传回了真实的信息。周恩来听到了，曾沉痛地说：“延安的问题这么多，大人没反映，孩子们反映了。陕北人民哺育了我们，全国解放二十多年了，一些群众生活还这样困难，我心里非常难过。”1973 年，周恩来总理陪同越南的范文同总理到延安访问，亲眼见到了陕北的贫穷状况，伤心地流下了眼泪。

其实周恩来在延安，还发生过一件事，更加深了他的印象。总理要上宝塔山看延安全景，可当时延河上并没有通向宝塔山的桥。汽车只好从河床上往过开，不料途中竟陷到了泥里。这也许是周恩来当了总理之后，在全国各地都不会遇到的尴尬事。多亏延安的乡亲们，一拥而上，生生用手将车抬了出来。我想周恩来一定非常感慨，一是陕北百姓依旧热情，二是陕北如此落后。从此，北京加大了对陕北的支持力度，延河上，也多了一座桥。

许多传说，已随着年轮的滚动，在有些人的心中，慢慢的淡去了。可对于陕北来说，却是人们精神世界里不可或缺的组成部分，陕北也因了这些传说继续保持着独有的色彩。我们难以分清传说与历史真实之间的界限，但是有必要去分吗，有了传说的历史，才是丰富的历史。相对于有限的史籍，更多的活在老百姓心里的，恐怕还是这些传说。

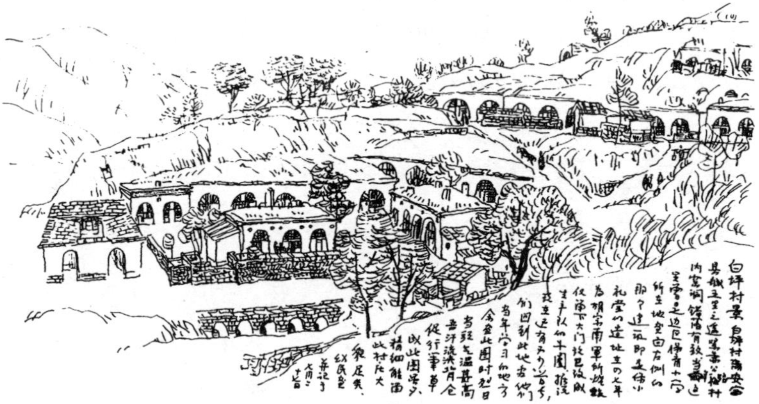
白坪村景

陕北的爱情传说

（作者的话：这组文章是在采集众多生活素材的基础上创作的，人物和地名都有虚构的成分，不妨当做小说看。读者切勿对号入座，如有事实雷同，纯属巧合。）

楔子：

当年根据地有歌唱道："三八枪，带盖盖，谁说八路军没太太。等到革命成了功，一人一个女学生。"看来女学生也是革命目标之一了。革命终于成功了，也真的有数不清的女学生嫁给了八路军。这些都是早年间的事，为血与火的斗争历史增添了些许的浪漫色彩，已被许多作家写成了感人至深的作品，毋须再论。只是知识青年到延安，又带来了成千上万的女学生，所以，关于她们的故事注定还要继续下去，好像这也是传统的一个组成部分。当然，我要讲的，不光是女学生，还有男学生……

小晴的故事

“黑豆低来桃黍高，有婆姨的人儿不可交。
有婆姨的人儿交下了，众人的言语杀人刀。”
《陕北民歌》

小晴插队的村子，在两条沟相交的平滩地上，村前有一棵百年生的大槐树，足有几搂粗，树高十丈，长得枝繁叶茂，几里路之外就能看见，成为村庄的标志，人们管这村子叫槐湾儿。

槐湾儿依水靠路，交通便利，自然条件相对好一点，所以学校就把五个女生安排到这个村。女生扎堆儿，引人注目，当地的人们戏称她们是“槐湾儿五朵花”。

“五朵花”里小晴最小，插队时，年方二八，长得白净，可也最傻。

说起北京女学生的傻，有时真叫人哭笑不得，尤其那些从机关大院里出来的女孩子，说是五谷不分那还是好听的，有些生活的基本常识她们也不知道。

农村里不讲阳历讲阴历，不讲岁数讲辈分讲属相，小晴就不知道属相是怎么一回事，也不知道自己属什么，看到别人这个属羊，那个属牛，觉得自己没了着落，就跑去问二尕。那二尕使坏，问了她的出生年月，装模作样地掐指头算了一阵，然后一本正经告诉她说，你是属驴的。

小晴认了真，她虽然不太喜欢这个属相，可也算有了个说法。别人再问起，她便一本正经地回答：“我属驴。”惹得旁人笑成一团，她还不知是为了什么。

倒是二尕妈看不下去了，打了二尕一巴掌骂道：“造孽啦！人家花儿似的女子叫你们这样糟蹋！”转过头对小晴说，“别听他们胡说。”又请二尕他三大重新算了一遍，从此，小晴才知道了自己的属相，是龙。

龙作为属相是比驴好听，可在陕北农村里，驴却比龙要有用得多。人们驮水运肥，推碾子拉磨，都得靠它。小晴在北京城里没见过牲口，初到村里，每次见驴过来，总是躲得远远的，怕叫它给踢上。时间长了，觉得驴没那么可怕，也敢使唤了。一日，小晴见一头驴肚子下垂下黑黑粗粗的一条，不知是什么东西，以为驴生病了，急着去找饲养员老郭头，老郭头还当出了什么大事，忙跟她跑去看，不看则已，一看，老郭头笑得差点岔过气去，身为长辈，说也不是，不说也不是。正尴尬间，那驴也不争气，不顾有人在场，突然性起，骑到一头母驴的背上，吭吭地使劲，那头母驴直尥蹶子，也摆脱不开。小晴大惊，拽着老郭头喊：“它们打架了，你还不把它们拉开！”同学看到了，没去拉驴，反把小晴拉跑了。

由此，小晴的傻便出了名。傻归傻，可大家依然喜欢她。小晴长得秀气，性格温顺，小鸟依人，谁见谁怜。虽说身弱力薄，但从不偷奸耍滑，不论是同学还是老乡，都愿意尽力帮助她。

可好景不长，没过几个月，五朵花里的大姐，被检查出患了肝炎，她因祸得福，病退回了北京。二姐家里有关系，送她走后门当了兵。随后，三姐四姐陆续进了三线工厂，槐湾儿的知青就剩了小晴一个人。

小晴家里没关系，她的父亲“文革”初死了，母亲还在接受审查，所以几次招工，她的政审都没通过。

虽然村里老乡依然照顾着小晴，每天轮着拉她到家里去吃饭，隔三差五地给她送柴草，邻居家担水，也经常往她的缸里倒上一桶，但是一个女孩子，独自生活在穷苦的山村，寂寞和艰难可想而知。尤其到了每天晚上，她面对着孤灯，想着原先几个女孩子叽叽喳喳的日子，那心情真像民歌《盼五更》里唱的："有心脱衣无心睡，两个枕头我一个人。"

队里考虑到小晴的情况，不让她干农活了，安排她到村办小学去教书。想不到，老乡们善心的举动，却使小晴卷入了一场命运的危机。

小学里还有一位男教师，名叫顺生，是本地毕生的高中生，已经结婚了，家在离槐湾儿十里外的后沟。他平时就住在学校里，寒暑假和农忙时才回家。

顺生是个俊后生，高挑个子，也是文文气气。他在县中学是个高材生，所以课教得不错。他还会拉四胡，唱一口好道情，村上人自娱自乐时，少不了他的身影，惹得婆姨女子们围着看。

顺生也巧，做得一手好饭，蒸馍馍，擀面条，样样拿得出手，一碗杂面条，放上点葱花，调上点醋，竟也香味扑鼻，并不输给婆姨。每到吃饭时，顺生就有意多做上一点，拉着小晴一块吃，时间长了，小晴觉得光吃顺生的不合适，就把自己的粮食也拿了过来，俩人搭伙一块做。

一男一女在一起工作，在一个锅里吃饭，日久生情，好像也是必然的事。

终于在一个雨夜，小晴留在了顺生的窑里。

小晴几乎是在不能自持的狂热中完成一切的，连她自己都不敢相信，情感的潮水，一旦冲破堤坝，会有那么大的力量。她的寂寞，苦闷，在顺生的爱抚当中，渐渐地融化了，此刻她才明白，这种感觉，在她的梦里，已经渴望了很久很久。

以至于在结束的时候，小晴满脸都是泪水，不是羞愧，而是感激。

那夜的雨，淅淅沥沥，一直下到了天亮。

可谁也没想到，这一夜的欢娱，竟使两人吞下了难咽的苦果。

不久，小晴发觉自己例假没来，小腹也隐隐作痛，她本来就有痛经的毛病，所以也没太在意，吃了些药，以为就能过去。谁知肚子越来越疼，终于有一天，连炕都下不来了。

也是小晴命大，那日北京带队干部老刘，正好来到槐湾儿，见到了正在炕上打滚的小晴，她脸色惨白，头上的汗把床单都打湿了一片。问起，只说是肚子疼。老刘忙叫人用架子车把她拉到公社卫生院。那儿的医生诊断不出是什么病，便推测是阑尾炎。老刘一听急了，找了一辆拖拉机，又赶到县医院。到底县上的医生比公社的水平高，人家仔细一检查，说小晴得的不是阑尾炎，而是宫外孕。老刘一听，头都大了，生病谁都难免，可这病性质不同。他一边向上汇报，一边联系住院的事。可医生说，小晴的情况得立即动手术，但县医院条件不行，结果又惊动了县政府，找车连夜往延安送。

话分两头，且不说因抢救及时，手术成功，小晴终于保住了性命。这一事件，虽然老刘尽量保密，缩小影响，但毕竟惊动了上级。一个女知青，未婚先孕，不处理是不行了。各方一介入，在“以阶级斗争为纲”的年代里，这事儿迅速升格为“破坏知识青年上山下乡运动”的政治事件。人家根本不相信小晴说是自愿的话，顺生很快被抓了起来，判了三年，押到黄龙山农场去劳改。

小晴出院后，老刘没让她回槐湾儿，把她调到了另一个知青点。又过了半年，宝鸡那边的厂子来招工，公社就把她推荐去了。

从此，我们谁都没再见过小晴。多年后，同学们陆陆续续回到了北京，每逢聚会，也不见她的身影。偶尔有问起的，却都说不知道。那顺生呢？听说刑满释放后，回村去种了地，不再当教师。

北秧的故事

“骑骡子不如骑马快，交朋友不如挖苦菜。
挖了苦菜度年馑，交了朋友坏名声。”

《陕北民歌》

北秧的名字有点费解，后来我才知道，她母亲当年是扭着秧歌进北京城的，所以给她取了这么个名字。别说，念着还挺好听。

可我不太喜欢北秧，她整天一脸的严肃，尤其是在男生面前，眼光总是冷冷的，问她三句话也回不了一句。虽说我们在北京时是男女分校，很少有机会与异性交往，可现在大家都当了农民，还搞那男女界限有什么意思呢。看她矜持的样子，好像时时在提防别人占她的便宜。我们几个男生没少在背地里挤对她，说她是以后肯定一辈子都嫁不出去的老姑娘。

谁也没想到，北秧日后闹出的动静，比谁都大。

她们队里有个后生，叫二旦，普普通通，貌不惊人，少言寡语，只知道埋头干活，和知青之间也很少有来往。谁知命运时常会捉弄人，老天乱点鸳鸯谱，硬要把他和北秧往一块儿拉。

陕北的路边地畔上，经常可以看到有许多小窑洞，这洞可不是人们随便掏着玩的，它的作用一是可以存放农具，二是可以避雨。夏天的山里，常有雷阵雨，人们不论走路干活，突然遇上了，就能钻到里边避一避。只不过这洞都很小，顶多能藏一两个人。

一天午后，北秧和老乡们在山上锄谷子，突然一阵风把片乌云吹到头顶上，一会儿工夫，就哗啦啦地下起雨来，人们四散奔跑，寻找着躲雨的地方。北秧就近找到个洞子钻了进去，还没坐稳，洞口又蹿进个人，结结实实地撞在北秧身上。北秧一声怪叫，声音凄厉而恐怖，倒把那人给吓了一跳。那人看了看北秧，什么话都没说，返身又钻回到雨里。

那人正是二旦。事后北秧有些后悔，人家也是来避雨的，自己何必那么大惊小怪，害得那天二旦浑身都淋湿了。不过这事倒让她感觉到，二旦是个老实人。

二旦并没有怪北秧，谁叫自己吓着人家了呢？可不久，北秧就真的遇上了更可怕的事。

北秧的村子，临着一条大沟，队里的地，大部分都在沟对岸的东山上，人们干活出行，来来回回，总要穿沟而过。这沟里平时水很少，也很浅，人们在水中垫上几块大石头，几步就跨过去了。所以在知青们的眼里，这干河床只是条路，从来没有想到它还会有危险存在。

那是一个夏日，炎热的空气中突然有了一丝凉意，有经验的老乡说，一定是周围什么地方下了雨，风把水气吹了来。

收工的时候，人们陆续过了沟，回到岸上的村子，只有北秧在水边停了下来，找了块石头，蹲在那里，蘸着水，打磨她的锄头。说起她那把锄，也真够丢人的，满是黑锈，连刃上都没一点光亮，想必用起来，沾泥挂土，十分吃力。她干活时吃了亏，就想利用休息时，好好把锄头收拾一下，省得再让人笑话。

北秧干得起劲儿，却丝毫没有注意到周围环境有什么变化。

二旦收工后，又揽了几把柴，所以落在了最后，待他来到沟边的坡上时，沟里就只剩了北秧一个人。

他正要下沟，突然感觉有什么不对，空气中隐隐嗅到一股土腥的味道，脚下的土地发出微微的颤动，耳边似听到低沉的隆隆声。抬眼望去，山沟上游的坡上，腾起了阵阵黄尘。

“不好！山水下来了！”二旦撒腿就往沟下跑，一边还在招呼北秧。北秧背对着二旦，打磨锄头的响动，使她听不清二旦的呼喊。二旦扭头一看，那黄尘已笼罩了不远处的沟底，洪水瞬间就要吞没这个地方。他跑到北秧的身后，扔掉柴火，也来不及解释，一把抱住了北秧的腰，夹起她，向着对岸狂奔。

北秧不明白发生了什么事，还以为是谁的恶作剧，她拼命叫喊，手舞足蹈地在二旦臂中挣扎。二旦也顾不得许多，拼了气力，几步就跨到对岸的坡上，扑倒在地。此时，几丈高的水头从他们脚下呼啸而过。

北秧扭头一看，顿时吓傻了，她刚才待的地方，已被淹没在滔滔的洪水之中，原本干涸的山沟，此时浊浪翻滚，急速地向下游奔流，裹挟着的柴草、秸秆甚至牛羊，在浪中沉浮，瞬时就看不见了。

两个人伏在岸边，半天一动不动，任脚下的浊浪把泥点子拍到他们身上。二旦的手仍紧紧地抱着北秧的腰，好像还怕她被水卷走。北秧靠着二旦的身子，心里没有一点想要摆脱的意思，她明白，二旦救了她一条命。

倒是二旦回过神来，迅速松了手，把她从地上拉了起来。二旦丢了柴，北秧没了锄，俩人四手空空，一前一后回了村。

二旦救了人，没觉得有什么了不起，村里人也都认为是应该的，可北秧却感激非常。公社及时抓住了这个事情，把它列为知青教育的典型。不仅表扬了二旦，还让北秧写了体会，在全公社广播。一来二去，话说得多了，北秧就觉得，自己和二旦之间，好像应该有种什么关系。

说是冷娃难动感情，可一旦动起心思来，三匹马都拉不住。北秧想了一夜，第二天找到二旦，说要嫁给他做婆姨。这倒把二旦吓坏了，农村里的婚姻都要靠媒人说和，还没见过哪个女孩子自己找上门来给自己提亲的。二旦木讷，没了主意，便去问妈。二旦父亲死得早，家里贫穷，老妈正为儿子的婚事发愁，见有人主动上门，又可以省掉一笔彩礼钱，自然欢喜。

但北秧的决定却在村里引起了轩然大波，虽然那时的宣传都是要知青们扎根农村，和贫下中农相结合，但在实际生活中，问题却不那么简单。北秧遭到了方方面面的抗拒。

首先，北秧的家里来信，表示了强烈的反对，她母亲劝她不要头脑发热，要考虑长远。她哥哥把话说得更绝，说她如果嫁了农民，以后就不要再回北京了，只当家里没她这个人。

她的同学们一致认为北秧的脑子出了问题，她们说，婚姻的基础是爱情，二旦虽说救了你，但你对他是感激，而不是爱情。二旦窝窝囊囊的，哪里配得上你？她们甚至成天看着北秧，不让她和二旦见面。

二旦的亲戚们也不同意，他们说，酒肉的朋友，米面的夫妻。娶婆姨摆着好看没用，是要过日子的。北秧那么瘦，干不动活也不是能生娃的模样，再说，人家是北京人，说不定什么时候，上边政策一变，拍拍屁股就走了，到那会儿，你娃哭都来不及，还是找个本乡的女子实在。

最后，还是北秧的母亲出面把事情摆平了。人家不愧是当干部的，善于从政治角度分析问题。她千里迢迢从北京赶了来，找到大队支书和北京带队干部，说我们并不反对和贫下中农相结合，可二旦家是上中农，只是团结的对象，北秧如果和二旦结婚，岂不是从大方向上就错了。再有，知识青年到农村，顶重要的是改造世界观，孩子还小，应该把精力多放在学习贫下中农的优秀品质上，动不动就谈婚论嫁，这是把上山下乡运动的伟大意义给庸俗化了。

最后，她还提请大家注意，研究分析一下二旦接近知识青年的动机。

什么叫有理有力有节，北秧母亲的一席话，软中带硬，句句不离原则，几顶帽子一戴，严丝合缝，别人只有点头称是的份儿，一致同意做双方的工作。就连北秧自己也有点糊涂了，如果确实是大方向出了问题，还真得重新考虑了。

倒霉的是二旦，救了人，反倒惹上了一身的不是，还被人怀疑动机有问题。他本来就不善言词，更不明白什么叫干扰大方向。自此，他见北秧像老鼠见了猫，干脆躲得远远的。

北京干部也怕出事，说心里话，他们并不希望这些孩子们真在农村过一辈子，可要表示反对，又怕人说动摇知青扎根的信念。北秧母亲的出马，给了他们一个下台阶的机会。他们对北秧说，这事还是要尊重家长的意见，把北秧说得没了词。正好这时，三线工厂来招人，他们第一个就把北秧推荐了去。

北秧后来上了大学，毕业回了北京。二旦也娶了本地的婆姨，这事像一阵风似的刮了过去，再没有人提起。

老单的故事

"东山的核桃西山的枣，三哥哥好像杨宗保。
西山的大蒜东山的葱，四妹子好像穆桂英。"

《陕北民歌》

老单不是名字，而是外号，我这同学会些拳脚，在京时和人打架，只用一只手就能把人家打败了，所以人称"老单"，这个"单"字，不能读成"善"。

老单其实比我年纪还小，但在我们队里可是个人物。我总结他有三大特点，一是能吃苦，干活不惜力，学什么都快，没少得老乡们的夸奖。二是嘴贫，尤其是和那些年轻的婆姨女子在一块儿，俏皮话一串接一串，引得身边笑声不断。三是好干净。衣服总是整整齐齐，从不糟践自己。再加上他还有好酒量，因此，他在村里，很得人缘，老乡们成天价老单长老单短的，闹得我们好生嫉妒。

后来我们都招工走了，只留下老单一个知青在村里。他依然过得快乐，不久，还闹出一段姻缘来。

那时农村都在学大寨，农闲时，就要从各队抽调一群男男女女，组成基建队，平整土地，修梯田。陕北风俗，颇为开放，男女之间，没那么多禁忌。言语调情，甚至动手动脚，都数平常。那工地上不仅劳动热火朝天，儿话俏语，而且也是你来我往，互不服输。老单的贫嘴，在这里可是派上了用场，经常是舌战八方，乐此不疲。

四队来的人里，有一个女孩子头儿，名叫巧玲，人长得白净，伶牙俐齿，最好和老单抬杠。一来二去，俩人斗嘴斗上了瘾，若是哪个一天没来，另一个就觉得憋闷得没话说。渐渐的，老单对巧玲就有了想法。

晌午休息的时候，小伙子们也不闲着，经常摆开擂台，比赛摔跤，老单是个会家子，那天连赢了两场，却惹恼了边儿上的一个人。蹿上场要和老单较量，他正是巧玲的哥冬生，生得膀大腰圆，有一股子蛮力。老单使坏，对他说："咱俩比赛得有个说法。"

冬生问："你说咋着?"

老单说："我要是赢了，让你妹子给我当婆姨。"

"你要是输了呢?"

"那我给你家当女婿。"

那蛮牛叫老单给绕了进去，想也没想就说："行!"

巧玲在一旁可不干了，骂她哥道："你这笨怂，咋便宜都叫别人占了!"

冬生扑了上来，要抓老单的胳膊，老单哪肯就范，轻挪几步，抓住他的手腕，往前一带，脚下使了一个绊子，还没几个来回呢，那冬生轰的就摔倒在地。

这下可不得了，没人理会冬生，全都围着巧玲哄开了，巧玲有口难辩，脸臊得通红，低下头，一溜烟地跑了。

谁都能看出，打这以后，俩人的关系就起了变化，巧玲再不和老单斗嘴，眼睛可一直在他身上转。老单若是和别人斗嘴占了便宜，那吃了亏的人就会扭头冲着巧玲喊："你咋不管管你们家老汉！"把巧玲弄得哭笑不得，嘴上虽硬，可心里却热乎乎的，总想着老单。

有一次老单在场上干活，手让脱粒机给打了，血肉模糊，乡亲们急忙把他送到了县医院。那一次伤得很重，两个手指都露出了骨头。巧玲心里急，想到医院去看看老单，又怕人说闲话，一个人躲在窑里，偷偷哭了好几回。

老单出院了，回村找到巧玲。巧玲看他的手，虽然皮肉长好了，但留下了几条大伤疤，心疼得直掉流泪。老单却乐呵呵地问她："你说咱俩儿的事儿咋办呢？"

巧玲故意装糊涂："咱俩儿有啥事儿啊？"

老单说："你给我当婆姨的事呗！"

巧玲说："呸，美得你！山里的话，撂在脚把把。你咋就当了真！"

老单说："别人当不当真我不管，反正我是看上你了。"

巧玲低着头不说话。

老单说："你要是心里有别人，就当我没说。"

巧玲被老单一激，脱口道："谁说俄心里有别人！"

老单一笑："没别人就是有我了？"

巧玲被老单绕得把实话说出了口，也收不回去，只得低声道："你去问俄大俄妈，他们要是同意了，俄没意见。"

老单讨得了巧玲的准话，乐滋滋地去找村上的老者做媒。听说是给老单说亲，许多人都争着去。巧玲她大早就认识老单，满口答应。冬生是自己把妹子输给了老单，自然无话可说，反倒跑到巧玲跟前卖好，说是他给巧玲寻下的女婿。巧玲心里高兴，嘴上还是把她哥骂了一顿。

老单备了几瓶酒几条烟，请巧玲的父母和村里的老者吃了一桌饭，就算把亲事定了下来。

好事多磨，就在老单和巧玲订婚不久，县上推荐老单上了咸阳农校，一去三年。这下可把巧玲给急坏了，生怕老单在外边变了心，看上别人。周围也有人议论，说本乡本土的人进了城，还有把婆姨给离了的，那北京学生就更靠不住了，说得巧玲心里猫抓似的。老单怕巧玲着急，隔三差五地给巧玲去信，写些什么咱不清楚，贫嘴的老单肯定少不了甜言蜜语。

那段时间，老单的来信似乎成了全村人的一件大事，人们见到巧玲，第一句话就会问："老单来信了吗?"要知道，那时的农村，男人们几年也未必能接到一封信，更何况一个女子。三年老单给巧玲写了多少信，没人能数得清，反正乡邮递员比巧玲家的亲戚还来得勤。

老单学成归来，分到县农业局当了干部，没过多久，就和巧玲办了婚事，还把她接到县上去住。老乡们都说老单侠义，是条汉子，还说巧玲有福气，有眼力。

老单官运不错，不久就当上了公社主任，后来到县上当了副局长，他把巧玲也转成了城镇户口。巧玲为他生了一儿一女，一家人快快乐乐地在县上过着日子。知青大返城的时候，同学们相继调回了北京，可老单不走，他觉得在县上生活挺好，他不喜欢人家说只要能回北京，哪怕扫大街都行的话，回北京的日子未必有在县上好。不过，他还是依照政策，把孩子的户口办回了北京。

我理解老单，由于家庭的原因，他少年时在北京，生活得很艰难。我们童年时享受到的很多东西，比如父母的呵护，家庭的温暖，他都没有得到。反倒在陕北，有人器重他，有人爱他，他还找到了适合自己的工作。按现在时髦的话说，陕北能够体现他的人生价值。

老单刚过五十，就办了退休，带着巧玲回到北京。不是他不恋陕北，因为他的女儿在北京上学，儿子也应聘在京城的一个大企业，所以一家人选择了在北京团聚。

老单依然嘴贫，有时同学们聚会，问起当年他和巧玲的事，他也毫不隐瞒，一五一十，全盘道来。众人笑骂道，你小子真行，靠摔跤就赢了个婆姨！只不过有一次巧玲在座，我刚要开他的玩笑，他急忙上前捂我的嘴，小声道："可不敢当着巧玲面说，不然她又该说我的嘴是漏勺了。"

我由此很羡慕老单，在婚变如常的社会里，老单依然在乎着巧玲，守着靠摔跤赢得的爱情。知足者常乐这句话，在老单身上，得到了最真切的体验。不论在什么环境中，老单总是踏踏实实地生活，他不和别人攀比，也不参与插队是与非的讨论，好像知青身份与他无关。只不过，他经常谈起陕北，谈村里的老乡。

老单现在既不抽烟，也很少饮酒，和年轻时大不相同，我疑心是巧玲管教的结果。

孟娅的故事

"荞麦疙瘩羊肉汤，死死活活相跟上。
树叶叶落在树根底，挨打受气全为你。"

《陕北民歌》

孟娅不是我们队里的知青，我认识她的时候，她已经是四个孩子的母亲了。前两个，是老公和前妻生的。她自己的，一个拉着，一个抱着，还在吃奶。孩子身上脏兮兮的，衣服也七长八短，破破烂烂。再看孟娅，就知道孩子为何这副模样，她头发蓬乱，衣服皱皱巴巴，前襟掉了两个扣子，也没有缀上，下摆裂着，露出了裤腰带。若不是鼻梁上还架了一副眼镜，整个就是邋遢婆姨的形象，哪里还能看出一点北京知青的影子。

孟娅原本可不是这个样子，和我一起到她队上的肖开益，是孟娅的中学同学，他说，当年在学校时，孟娅还是班上的卫生委员，好干净出了名。她父母都在大学里工作，也算书香门第，她虽然长得不算漂亮，可举止文雅，挺受老师同学们喜欢。

我此时早已离开农村，在省里一个杂志当编辑，为采访一个知青的专题，拉着同事肖开益故地重游，来到他插队的村子——寺湾儿。路上，肖开益向我讲起了孟娅的事。

说实在的，虽然肖开益事前的介绍，已使我对孟娅产生了一些印象，但是见到她本人，还是大大出乎我的意料。我没有想到，一个北京名校的高材生，如今的样子，放到村里婆姨堆儿里也算是差的。别看陕北穷，人们生活可不马虎，那些勤快的婆姨经常把院子收拾得干干净净，就着一点水，也会将灶台瓦瓮擦得锃明瓦亮的。衣服虽旧，但也要缝补得齐齐整整，不让人笑话。真不知道孟娅的日子是怎么过的。

肖开益还说，孟娅落到今天这步田地，全怪成莉莉。

成莉莉和孟娅，好得像一对姐妹。在学校时就形影不离，插队自然也在一起。不知为什么，成莉莉偏偏看上了队里的老男人十六。这是我们都不能理解的事，因为十六实在没有什么可以夸耀的地方，他貌不惊人，本事平常，婆姨前年病故，还留下了两个孩子，日子过得紧紧巴巴。要说知青和老乡结婚，在当时也有先例，可把全村的男人排个队，怎么也轮不到十六的头上。知青们自然反对，成莉莉的妈妈更是着了急，她通过关系，把成莉莉送去当了兵。

本来这事到此就了啦，可千不该万不该，成莉莉临走前向孟娅留了话，让她好好照顾十六。孟娅这人实在，把好友的嘱托当了真，三天两头地往十六家跑，帮他家洗衣服做饭，一来二去，孟娅取代了成莉莉的角色，和十六的感情慢慢地起了变化。

我们做过一件很对不起孟娅的事，肖开益说。

眼看着孟娅和十六越走越近，知青们心里都很着急，他们实在不理解，孟娅为什么要和连老乡们都看不上的人相好。他们把能想到的话都向她说了，可孟娅一句都听不进去。为了挽救她，有人出了个下策，跑到公社告了一状，说十六勾引女知青。

这在当时可算作重罪，扣得上“破坏知识青年上山下乡运动”的大帽子。公社自然十分重视，派了一个武装干事，让他把十六带来问话。

知青们得知公社要来人，便把孟娅反锁在窑洞里，不让她和十六见面。

那个武装干事带了两个人来到寺湾儿，找到十六，不容分说，一条绳子，绑了就走。十六哪见过这阵势，吓得浑身发抖，说不出话来。

正在这时，孟娅不知从哪儿钻了出来，她浑身是土，衣服都扯破了，像一头暴怒的狮子，五官都气得变了形。她一把抱住了十六，朝着公社干部吼道："你们凭什么抓人，十六他犯了哪条法了？谈恋爱也犯法吗，哪个文件说知识青年不许和贫下中农结婚呢，你们拿出来，你们拿出来！我就是要嫁给他，你们管得着吗！"

孟娅跳着脚地骂，声音嘶裂，尖得刺耳，不管不顾地叫喊，还上手撕扯押着十六的人。同学们全吓傻了，他们从没有见过孟娅这副疯狂的模样，公社干部也被镇住了，这是谁勾引谁还不好说呢！他张口结舌，无言以对，只得挥挥手，让人给十六松了绑，悻悻地走了。

事情闹到这个地步，大家都知道拦不住了，再没有人说反对的话。孟娅大摇大摆地拉着十六去公社开了结婚证，把自己的行李往十六的窑里一搬，就算成亲了。

真是事与愿违，本打算棒打鸳鸯，反倒促成了他们。后来才知道，孟娅听到了些响动，情急之下，竟然从窑面上方的小窗子爬出，赶到了村口，救出了十六。

知青们集体把孟娅给得罪了，在很长一段时间里，孟娅和知青们断了来往，见面连话也不说。

北京那边，孟娅的家里可炸开了锅。她的父母痛不欲生，她的兄弟们则说，孟娅要敢回家，就打断她的腿。

过了一年，孟娅的第一个孩子就出生了。知青们忙着送东西，关系总算缓和了一些。

知青们在寺湾儿办了个医疗站，又在北京联系了一批捐赠的药物。公社找了辆汽车，要去北京拉货。知青们逮着这个机会，纷纷搭车回北京。孟娅也想回去。

肖开益说，谁敢带她回去呢，万一家里人真打了她，谁又能负得了责。知青们骗她说，一定带她走，背地里却在商量，怎么甩掉她。

那天，孟娅和十六一早就来到医疗站门口等候。孟娅背着她的娃，十六则提着一袋红枣，一袋小米。十六穿着一身崭新的蓝咔叽布制服，头上没系羊肚子手巾，换成了黑呢子干部帽，却依旧佝偻着腰，看上去那么不协调。这可能是十六第一次出远门，他规规矩矩地跟在孟娅身后，显得局促而紧张。

等了半天，汽车终于从医疗站里开了出来，孟娅把孩子抱到胸前，十六把袋子扛到了肩上，正准备上车，谁知那车开到他们身边，却突然加速，扬起了漫天黄尘，一眨眼的工夫，就跑得没了影。

孟娅愣住了，一家三口像一组雕塑，半天一动不动，任凭尘土从他们头上纷纷扬扬地落下来，洒满了全身。孟娅的头发变黄了，十六的呢帽也不见了黑色，他们甚至都没有掸一下。许久，许久，孟娅好像明白了什么，眼中涌出了泪水，她紧咬着嘴唇，没有向别人发问，默默地拉着十六，蹒跚地走了。

这一幕，使在场的人都非常尴尬，看着孟娅，无言以对，因为大家都是这场骗局的参与者，而没想到结果却使孟娅如此的悲伤。

我永远也忘不了那一刻孟娅绝望的眼神，那个悲伤的背影。我虽然不是这场恶作剧的制造者，也能理解他们的难处，可我总觉得，这样对待孟娅是不是太过分了，肖开益说。孟娅并没有得罪任何人，她只不过是自主选择了生活的道路，尽管不为伙伴们所认同，但这是她的权利。我们没能帮助她，起码也不应该伤害她。

后来的日子，孟娅过得很苦。知青们陆续离开了寺湾儿，虽说在一起的时候发生过一些磕绊，但毕竟是多年的同学，感情还是有的。现在，孟娅连个说北京话的机会都没有了。

听了肖开益的叙述，我执意要到孟娅的家里去看一下。

那是在村边边上一座有三孔土窑的小院子，院墙塌了一半，用柴草秸秆乱七八糟地堆着，一座快散了的朽木架子上，挂着几辫玉米和辣椒，鸡和猪在院里随意跑着，一切都显得零乱，不像会过日子的庄户人的样子。

孟娅一家正在吃饭，小小的窑洞里面黑黢黢的，十六和他的父母坐在炕上，孟娅则在灶台忙活。他们吃的是小米搀了洋芋块煮的稠粥。炕上摆着一个木盘，里面是一小碟盐，一碟辣椒面，还有切成条的腌酸菜。孩子们捧了碗就跑出去了，两个老人坐在那里，像两座木雕，没有表情，也不说话，只等着孟娅把碗递到他们手上，十六捧着碗，稀里呼噜吃得山响，孟娅在炕下伺候着，询问谁还添饭，她一口地道的陕北话，已和当地人无异。

孟娅没留我们在她家吃饭，也许是饭根本不够，也许是她怕我们已不习惯了庄户人的饭食。还有可能，是她不想向我们展示她的生活状况。

我和肖开益离开寺湾的那天，孟娅一个人来送我们，那条路在一个长长的山梁上，一直通向公社的大路边。我原以为孟娅要借机和我们说一些话，可是她却一言不发，只是默默地走着。到了山梁的尽头，眼见到通往县城的大路，她挥了挥手，算是和我们告别了。我和肖开益也不知该说什么好，扭身往下走。

下了坡，站在公路边，我们回头望去，孟娅还站在山梁上，一动不动，风吹起了她的头发，遮住了她的半边脸，我们也看不清她的表情。突然，她向我们伸出了手臂，高高地举过头顶，慢慢地挥动了几下，然后，扭身走了，头也不回。

回去的路上，肖开益半天都没有说话，许久，才叹口气道，我们走来走去，像放个屁那么容易，而孟娅要想离开这儿，可就难了。我们班到这个公社插队的有十二个人，都走了，只把她一个人丢在这里，想想，心里头真不是滋味。

一直到20世纪90年代初，北京市政府有了新规定，允许知青回京，家里头纷纷为游子们找单位，开假证明。孟娅还算本事大，把老公连同四个孩子都办回了北京，她在一所小学教书，四个孩子都参加了工作。老公没文化，孟娅的一个同学当了公司老总，通过他的安排，让十六去看大门，虽然钱不多，但也能贴补家用。只不过十六陕北旧习不改，回了家，依然要盘腿坐在床上，等着婆姨把饭给端上来。

陶蕾和建国的故事

"东山上点灯西山上明，四十里山路瞭也瞭不见个人。"
"牵牛花开红通通，露水夫妻一场空。"

《陕北民歌》

陶蕾调回北京的时候，她也说不清楚自己是喜还是忧。喜的是，终于可以回到母亲身边，从此摆脱了农民的身份，不挣工分挣工资，再不用面朝黄土背朝天地从土里刨食吃了。忧的是，她走了，她的"哥"可怎么办呢?

"文革"后期，北京的中学奇缺教师，于是政府决定，从知青的高中毕业生里选调一批补充教师队伍，陶蕾有幸入选，一切手续办完，马上就可返京。这如同天上掉馅饼，是做梦都想不到的喜事，陶蕾的母亲听说这事，都快乐疯了，但当她看到同院张大妈的脸，便硬把那笑声给咽了回去。

谁都知道，张大妈的儿子建国，陪陶蕾一同去的陕北。

张陶两家共住一院，陶家原是房主，张家是租户。后来房子都归了房管局，也就没了主客之分。照理说房客和东家之间，总要闹些矛盾，可这两家却相处甚好，胜似亲戚。陶蕾父亲死得早，她妈就守着个宝贝闺女。张大妈有两个儿子，老二建国大陶蕾两岁，自小就把她当妹妹看，处处护着。建国功课一般，初中毕业就上了商校中专。陶蕾却是个读书的料，后来考的是北京著名的女中。上了三年，还没毕业，就赶上了“文革”。

“文革”闹了几年，插队之风骤起，陶蕾被分派到了陕北。陶大妈死活不愿放闺女走，但架不住学校和街道三天两头地上门催促，她哪里挡得住。眼看出发日期临近，陶大妈只得每日以泪洗面，气喘的老毛病犯得更重了。

看着陶大妈无助的样子，建国动了爷们的义气，他提出要陪同陶蕾一起去陕北。一是想让陶大妈减少些痛苦，二呢？他也实在不放心陶蕾一个人跑到那么偏僻荒凉的地方。他还想像上学时那样，尽一己之力，护佑这个妹妹。虽然两家老人从没有把事情说透，可在心底里都认为，建国和陶蕾，将来肯定是一家子。

能有建国陪伴，陶大妈当然乐意，可张家却要送别一个儿子，这可不是一件小事，轮到张大妈犯难了。在她心里，陶蕾如同自己的亲闺女，又是未来的儿媳妇，一个人出去，她也不放心，但让建国离开自己，她又舍不得。

其实那时建国已从商校毕业，分在西单的一个大商场当售货员，不属于下乡人员之列。他对母亲说，咱家里还有大哥照顾，陶蕾一个人出去，世道又这么乱，万一有个三长两短的，陶大妈怎么受得了。我跟她去，多少能有个照应。

建国从小就有主意，张大妈也说不过他，只好随了他去。

建国马上开始了行动。他向单位申请，说要去支援西部建设，那时社会正在提倡到艰苦的地方去，自然很快获得批准。单位并为他联系了陶蕾下乡那个县的商业局，对方也欢迎他去。建国拿着手续去派出所转户口，出京容易进京难，不到五分钟，一张小纸片扔出来，建国就不是北京市民了。

两家共同为他们做着准备，能想到的东西装了几箱子。两位母亲千叮咛万嘱咐，该说的话都说尽了。

尽管如此，临别的那天，两位母亲还是哭成了泪人。从此，陕北那个从来谁都没听说过的小县，就成了两家人共同的心病。

一路风尘，下了火车换汽车，才进陕北地面，有的知青就哭了起来，那荒凉的景色一下子就让人的心凉了半截。陶蕾却相对平静，建国在她身边，起码分担了她一半的痛苦与不安。在颠簸的卡车上，建国用棉大衣紧紧地搂着她，遮挡着风寒，使她的心里，充满了比别人多一份的温暖。

到了地方，建国先把陶蕾送到村里，帮助知青们收拾窑洞，整理灶具，一切弄停当了，才到县里去报到。商业局把他安排到供销社去卖货，并分给他一间小小的窑洞作宿舍。建国心细，换了窗户纸，找来石灰抹了墙，沿着炕边钉了一溜床单子布，充当炕围子。七弄八弄，把个小窑洞收拾得整整齐齐，舒舒服服。

建国和陶蕾就这样安顿了下来，幸运的是，陶蕾插队的村子离县城并不远，只有七里路，所以叫七里铺。县上逢五是集，陶蕾便趁赶集之机，到建国的小窝里，俩人像过家家一样的，起火做饭。建国怕陶蕾在乡下受委屈，每次她来，总要割上点肉，买几个鸡蛋，让她补补身子。他那一点点工资，除了自己吃饭，几乎全用在了陶蕾身上。

两个人的世界，就像小小的港湾，使他们暂时忘却了世间的风雨，片刻的欢娱，多少补偿着受伤的心灵。而每次，建国都要把陶蕾送回去。这七里路，正好在延河的边上，曲曲弯弯，绕着山边，虽说风景平常，但在陶蕾眼中，强似北京护城河。他们也不避讳人，手拉手的，不知走了多少回。

周围的同学，很羡慕陶蕾有这样一个“哥”，他俩的事，也在全县知青中传为美谈。我们都佩服建国为人义气，为“情”而两肋插刀。所以我们一到县城赶集，总要去供销社看看建国，和他拉拉家乡话。当然也有人不以为然，认为建国为个女人放弃北京的生活太不值得。还有些人，专门琢磨陶蕾究竟有什么魅力，能让男人为她而跑到陕北来。

当时我们还年轻，对两性关系无知而好奇，还经常故意表现出不屑一顾。但对建国和陶蕾的相依为命，大多理解甚至羡慕。其实我们并不知道，在建国心里，对将来的事，只是一种隐隐的默认，一种期待。而陶蕾呢，更多是对兄长的依赖。她不知道这是不是爱情，反正在陌生艰苦的环境里，她和建国的感情，几乎成了她唯一的精神支柱。他们根本就没打算在这个地方成家，但今后的出路如何，却没有人知道。

原本以为日子就这样过下去，却不料，事情这样快就起了变化。北京抽调教师的通知下来后，陶蕾曾和建国商议过，要不要报名。建国极力主张她去试一把，陶蕾的中学是北京名校，她的学习成绩又不错，入选还是有可能的。

正如建国想的那样，陶蕾的名校身份，她的学识功底，以及她的秀气，很快博得了招考人员的好感，几乎没费什么周折，就板上钉钉了。

事到如今，陶蕾反倒觉得对不起建国了，人家本来在北京过得好好的，只是为了她，才调到陕北的小县城来。现在她回了北京，却把建国一个人抛在了这里。就像在火车站，旅客没上车，却把送人的给拉走了一样。陶蕾拿着调令，左右为难。

关键时刻还是哥哥给妹妹拿主意，建国知道陶蕾的犹豫不决，是因为自己，要想打消她的顾虑，自己得有一个姿态。他说，我们不能都窝在这里，能走一个是一个，你放心，我很快就能回北京，和你团聚。建国的话，尽管没有任何的保证，但对于陶蕾说服自己，还是起了宽慰的作用。

临别的那天晚上，陶蕾留在了建国的小窑洞里，她抱着建国嚎啕大哭，泪水打湿了两个人的衣襟。回京的如愿，却要付出离别的代价。此刻她的心情，是伤心，是感激，还是愧疚，她也说不清。她疯狂地和建国做爱，极尽缱绻，似乎这样，心里还能好过一点。她甚至盼望建国说出留住她的话，可建国什么都没说，两人相拥着，直坐到天亮。

建国不是傻子，何尝不明白事情的严重性，在动荡的社会里，世事难料，送走了陶蕾，何时能够相聚，谁也不知道。更要命的是，他不是知青。国家对知青的任何一项安抚政策，比如招工、推荐上学、病退、困退等，都不会落在他的头上。他就像一片飘零的孤叶，独自品尝着命运的艰辛。

陶蕾走后，建国就开始了艰苦的回京之旅。他虽然做好了充分的思想准备，但事情远比他设想的复杂，在职人员要想进京，在当时只有对调这一种方式，可在北京的人，有几个像他那么傻，愿到这荒山野岭的地方来呢，找来找去，一拖就是几年。

看来一步登天是不可能了，建国只好改变策略，想方设法往北京周边调。他好容易找到一个机会，先对调到了河南的安阳，烧了两年锅炉，又进了廊坊，他觉得，自己离目标越来越近了。陶蕾也不断来信给他打气，说等他回京就结婚。

就在建国四处漂泊的时候，陶蕾的生活却发生了巨大的变化。1976年“四人帮”倒台，“文革”结束，国家开始步入正轨。一年后，又恢复了高考。陶蕾一直教书，功课自然不陌生，没费劲就考上了。由于成绩优异，毕业后又留了校，当上大学老师。此时，对外交流加强，陶蕾被公派留学，到美国去读书了。

一直到了20世纪80年代中期，也是老天开眼，建国终于调回了北京。办完手续的那天晚上，建国来到了天安门广场，正是华灯初上的时候，十里长街，流光溢彩，车流滚滚，一派喧嚣的景象。望着这熟悉而又陌生的城市，建国有些恍惚，十几年的光阴就这样过去了，好像一场梦，什么变了，什么没有变，自己失去了什么，又得到了什么？这些年，似乎回京成了生活的唯一目的，他的所有心思，所有精力，所有的收入，全都用在了这一个地方，然而，当他回到了故乡，他最想见到的人，却不在了。

和陶蕾分别后，建国就一直在追赶她，可是越追，距离越远。他觉得自己就像一个掉了车的旅客，正所谓一趟没赶上，趟趟赶不上。

虽然回了京，但是建国却没能找到好工作，最后，只能在街道办的运输社里蹬板车。

我也是那个时候从西安调回了北京，在新家卸下行李，就跑到西四家具店去买书柜。交了钱，店家找来车送货。我一看那蹬车的师傅，正是建国。一路上，我们聊起过去，我自然问到陶蕾。他说，陶蕾出国后，还给他来过信，表示了不想回来的意思。

“那你和她的关系……”我问。

他说：“我明白她信里有没说出的话，咱一个蹬板车的，就别扯人家的后腿了，我给她去了封信，骗她说我等不了她，已经找了对象。几年前回家探亲的时候，我就感觉到，和她的共同语言越来越少，除了说点当年的事，就是傻坐着。不如趁早了断，对两个人都有好处。”

到了家，他帮我摆好书柜。留他吃饭，他不肯，说还要争取时间多拉几趟。给他运费，推辞了一下，也就收下了。

我曾经想问他是否有悔不当初的念头，犹豫了几次，终没吐口。其实，对与错，悔与不悔，用今天流行的价值观说起来都没有了意义。我至今仍然佩服建国当年的勇气，承认他是条汉子，尽管他的付出与得到那样的不成正比，起码在一个社会整体扭曲的时代，他还保持了做人的良知，他当然低估了社会的复杂与不平，但这不是他的错，因为遭受坎坷的，远不止他一个人。我也能理解陶蕾，谁都不能拒绝命运赐予的机遇，建国都说“希望她过得比我好”，那我们旁人，又能说什么呢！

俗话说，大千世界，无奇不有。知青们走入广阔天地，经风雨，见世面，经历了春种秋收，尝遍了五谷杂粮，熟悉了乡里乡亲，阅历和知识增长了不少。这些自有人专述，也见得多了。其实，我们的生活中还遇到过许多奇奇怪怪的事，可能因为缺少正面意义，或因其荒诞不经，很少被人提及。生活是复杂的，有些事，后来证明是误会，博得大家一笑而已；有些事，至今也弄不清缘由。我这里写的，大多是听来的，尽管有些述者是很亲近的熟人，我也无法证实确有其事。只好学纪晓岚博士，我姑妄说之，观者姑妄听之。

中国的农村，大多有个神敬，有敬土地爷的，有敬灶王爷的。我说的这个村子颇为奇怪，是敬碗神。这碗神不知属天上的哪一星宿，也从不见仙册上著述，但不敬却又不行。这村子专辟一个空窑，里面别无他物，只摆一张桌子，桌子上放一摞瓷碗。每到傍晚，村里人会取下一只，放到桌子中央。第二天一早去看，那碗必碎，人们说是被碗神收去了。一年三百六十五只碗，由全村各户分摊。知青来了，自然也要承担一份。知青们不愿意，经历过破四旧的小将，哪里能信这个邪。大家决心要破除迷信，有几个胆儿大的，傍晚来到窑中，蹲在墙边，眼睛直勾勾地盯住桌子。几个小时过去了，窑内无声无响，没有任何变化，几个人心中暗笑，想今夜小将气盛，必解这千古疑团。谁知刚到子时，就听到“啪”的一声，清脆在耳，那碗竟自裂成了几块，桌子周围并无人在。几人心中大怖，狂叫着夺门而出，连头也不敢回。以后，乖乖地也供上一份碗，再也不提什么迷信的事。

我插队的村里有个孩子，名叫根娃，脑袋长得比其他孩子大，凸脑门，大眼睛，翘嘴唇，样子有点怪，但还很可爱。六七岁时，就跟着大人在山上拦羊，跑上跑下的，很是伶俐。后来，村里办起了小学，他也是经常受到老师的夸奖。可老乡们说起这个孩子，却带着一股神秘的色彩。他们说，有人给这孩子算过命，说他不是个一般的人，但命中有一坎，就在十五岁。如果过了这个坎，则前途不可限量。当时听了这话，觉得实在荒诞，一笑了之。不久，我便离开了农村，到工厂去学徒。过了几年，遇到同村的插友，问起队里情况，闲聊之中，他们说，根娃摔死了。我大大地吃了一惊，因为掐指一算，根娃死的时候，正好十五岁。我想不通的是，陕北人自小就在山上生活，爬坡过岭，如履平地一般，根娃怎的就摔死了，难道冥冥之中，人的命运真的已被注定了么。这是我身边发生的事，也是我至今无法解释的。

我的好友G君，插队到一山村，队里给他们安排了住处，他们并不中意，见旁边有一小院，土窑三间，整齐僻静，便执意要在此住。支书极力劝阻，却又吞吞吐吐，说不出原因。几人度了君子之腹，以为队里舍不得把好窑洞给他们，耍了混脾气，偏要在此扎营。支书无奈，只得同意。住了几日，相安无事，几人得意，以为抗争成功。谁知一天半夜，四野寂静，G君梦中突醒，听得院中有拖曳铁链的声音，哗啦哗啦，格外清晰。G君把众人捅起，只听的链声响至窗前，似有人在向内观望，几人毛骨悚然，又不甘心束手待擒，遂各自摸了擀面杖、镢头之类，呐喊着奔出门去，但只见月光如水，院中一个人影也没有，几个人坐到天亮，再无动静。第二天一早，便去找支书，支书说，这院里前不久死了一个老汉，我本来就不想让你们住在这里，但被你们吵吵的没办法。几人听此，立马搬家。直到今日，G君说起此事，仍心有余悸。

朋友X女士，落户在黄河边，在京时，水性甚好，见黄河并不宽阔，想起自己有几千米的游泳纪录，便下水横渡。刚游了几下就觉得不妙，黄河水面上不急下面急，好像有数只手拽住人腿往下拉，她大惊失色，返身拼命挣扎，好不容易回到岸上，从此再不敢藐视黄河。但她们队有个男生不服气，偏要挑战黄河，结果一下去就再也没有上来。事情到此还没完，不久，公社组织了一支工程队，是由各村抽调的青年男女，在黄河边修水利。一个女子正干着活，突然昏厥，醒来后声音大变，酷似那个男生，而且说的全是北京知青的事，还一个劲儿地要往黄河里跳。众人大惊，死死拉住，用了掐人中、招魂种种手段，那女子复昏复醒，先前事却一点也不记得了。此事让人大惑不解，这女子与男知青并不相识，也从没去过北京，何以口气和男知青一模一样，又尽言城里事呢？

当然也有解的。有同学跟我讲起他的经历。他住的窑洞，半夜里经常听到敲击墙壁的声音。要知道，窑洞是打在土里边的，根本不可能有人能钻到窑侧，那不是鬼还能是什么。几个人越想越怕，呆坐炕上，彻夜难眠，商议着搬家。偏偏我这个同学是个杠头，非要弄个水落石出不可，他花了几天的时间，把这窑洞里里外外上上下下搜了个遍，终于把鬼给抓了出来。原来打这窑洞时，那挖烟道的人，为了取直，从顶上垂下根绳子，拴了块石头作标尺。烟道挖好了，却忘了取出，就一直悬在那里。有时烟道灌风，吹动石块左右摇晃，敲击土壁，把人搞得惊魂不定。我的同学破了此案，得意非常，自诩有刑侦才能，后来竟又破了一案，遂名声大振。那是相邻的一个知青点，也是在夜里，时常听见有人在院中咳嗽，声音苍老干枯，在月黑风静的山野中很是瘆人。出门去看，也是一个人影也没有。这事闹得人心惶惶，觉也睡不好。我这同学听说，忙赶了去，想趁此机会再展身手。待到半夜，咳嗽声又起，他一个人悄悄摸出去，也不打手电，像条狗似的来回踅摸，结果，还真叫他给寻到了“祸首”。原来知青的院子旁是一个羊圈，那老羊哥羝嘴里发出的声音，酷似老汉的咳嗽声。回来一说，众人恍然大悟。那夜，睡得似昏过去一样。

公社里死了一个知青，坟墓就在刘家河的路边，我们每次经过这里，心中都有些惴惴不安。W 君有一次去县城办事，回来晚了，行至此处，天已擦黑。旷野荒郊，路上无人，心中已有几分害怕，硬着头皮向前走。耳中忽听鼓乐声，好像葬礼上的吹打，正疑惑间，又见前方飘飘忽忽过来几团白色的影子。W 君大骇，以为真是遇到鬼了。平日与那个知青交往甚密，可是今日特来寻他？心里打颤，腿竟不能动了，眼睁睁地看着几团白影越飘越近。待到跟前，W 君才看清，是几个农民，唱着小曲，荷锄夜归。原来陕北农民，当时，大多穿着自纺的土布衣裤，又无钱买染料，所以一身皆白，头上又系羊肚子手巾，酷似孝服。加之山中气流变幻，暗中看去，那白影就像是在地上飘。W 君口打咳声，自笑虚惊一场，接着赶路，浑身冰凉，衣襟早已湿透。

人的经历多，思想就复杂。因为遇到的许多事无解，便容易偏向迷信或被人说成迷信。俗话说，白天不做亏心事，半夜不怕鬼叫门。说是精神安慰也罢，自欺欺人也罢，不管这世间有没有鬼，少做或者不做亏心事，才是使人解脱的唯一办法。

俊妮儿

当我得知俊妮儿死讯的时候，她孤独地躺在渭北高原上已经很多年了。

我很是吃了一惊，离开插队的山村许多年，有些老人的去世也在情理之中，但俊妮儿的早逝却是我万万没有想到的。之后几天，我怅然若失，总是在心中回想她的模样。对逝者的悲伤，或因是你的亲人，或因是你的故交。然而对俊妮儿的悲伤，我却说不清原由。人的记忆，就像是由人和事组成的画卷。在我的青春记忆中，尤其是插队的那段日子，每一个人和事都占有重要的位置，缺失了哪一个，那画就残了。

渭北高原，处在陕北与关中之间，离俊妮儿的家有几百里路。俊妮儿远嫁时不会想到，她就像一片树叶，离开了母体，飘落到异乡，永远也回不去了。高原上有许多古代的荒冢，每次经过这里，总能感受到一种“西风残照，汉家陵阙”的沧桑与悲凉。如今古冢犹存，我想，俊妮儿的坟，恐怕已经看不到了。萧萧秋草，早将她和大地融为一体。

我不能写出一篇关于俊妮儿完整的故事，因为我在那个山村只生活了三年。而俊妮儿，也只是队里众多婆姨女子中的一个。我们之间，总共也没说过多少句话，我甚至现在都不知道她的大名叫什么。我只有对于她星星点点的记忆，而且随着岁月的流逝开始变得模糊。但我仍然想写一写她。这不仅是因为回忆她，而且也是在回忆我自己那段青春岁月，同时，我也想为她短暂的生命，在世间留下点什么。

陕北的女孩儿，不管长得如何，大多有一个好听的乳名。我们队里的女孩子，就有叫明妮儿、凤青儿、梅娃儿、麦香子，等等。陕北人金贵自己的孩子，在她们的名字中，寄托了美丽的希望。然而，他们却没有钱，拿来装扮自己的女儿。老乡管自己织的布叫土布，管买的布叫洋布。我插队的时候，村里人很少有穿洋布的，女子们大多穿着和男人一样自染的土布衣裤，肥肥大大，显不出身材。俊妮儿虽然是村支书的女儿，也没有一件像样的洋布花衫。每日的劳作，使她们的身上沾满了泥土，高原缺水，不能常洗，所以，不管什么样的衣服，都渐渐变成了土的颜色。但女子们还是爱美的，她们在山上干活，经常会采一朵山花插在头上，显得俏丽动人。见人盯住她看，又红了脸，悄悄地拿下来。女子们不仅要和男人们一起锄地割麦，在高原上经受风吹日晒，而且回到家里还要推磨做饭，打猪草喂家畜，照看弟妹，收拾院落。她们永远没有闲的时候。陕北的山里长着一种野花，叫山丹丹，生在背洼里，开起来红得耀眼，若没了它，陕北就是一片苦色。陕北的女人们，就像山丹丹花，野生野长，没人照顾，却以她们的勤劳、热情与善良，为贫苦的生活保存了一份温馨，使“信天游”更加悠扬，想到俊妮儿，我就想到这种花。

俊妮儿和大多数陕北农村女孩一样，没读过几天书，很早就参加了劳动。那时，我们在队里办了个识字班，教妇女们认字和唱歌。她总是第一个到，眼睛直勾勾地盯着小黑板，像要把每一个字都吞到肚子里。有一次我到她家里去，见炕沿儿上、灶台上歪七扭八地写满了字，都是我们刚教的。她妈一脸得意地嗔道："我女子学得可用心了，一收工就趴在那儿写，看把这窑里糟蹋的。"可惜这识字班办了没多久，人们逐渐分了心，就停了。想起这事儿，心里总觉得有些愧疚，停了识字班，对知青而言，可能无所谓，而对于俊妮儿们，恐怕是深深的失望。倒不是说知青们能起多大作用，但识字班毕竟是一扇接受新事物的窗子，被我们轻易地关上了。那时年轻，做事没有长性。

刚插队时，队里怕我们干不动太重的活，就常常把我们和女子们分派在一起，修水利，平整土地。这倒随了年轻人的愿，俗话说，男女搭配，干活不累。陕北的青年男女之间，只要是平辈，是可以相互耍笑的。所以边干活边打嘴仗，休息时，常常有一两个小伙子跳出来，向姑娘们挑衅。通常是姑娘们一拥而上，将那小伙摁倒在地，连掐带打。小伙挣扎着逃出，却高兴得嘴都合不拢。知青们受这种风俗影响，也用当地话练就了一嘴好功夫，并不输人。只是君子动口不动手，没敢在姑娘们身上讨便宜。女子们也不惹知青，她们总是聚在一堆儿，看着你笑。不是每个插队知青和当地女孩子之间，都会发生"小芳"那样的故事，但处于青春萌动期的少男少女，在劳动生活中略微放肆的接近，释放了对异性的渴望，使平淡的日子增添了不少欢乐。其实最关注知青的，恐怕就是这些女子们，这从她们看你的眼神中就可以体会得到。她们经常相邀着到知青的窑洞来玩，嘻嘻哈哈地堵在门口，却谁都不肯先进来，有时她们会推进来一个，那个女子尖叫着，扭身就往外跑。这样反复几次，才一个个羞答答地走进来。也不往炕上坐，站在墙角和你说话。俊妮儿常来，也常常是第一个进来。女子们对知青的好感，并没有特别的表示，在干活时，她们会不露声色地帮你搭一把手，或在吃饭时，递给你一块她蒸的馍。

俊妮儿在队里那伙女子中间，有点号召力。这可能与她是家族的长门长女有关。她的父亲郭森，是大队的书记，一个和蔼可亲的老头。那时的队干部，没有什么特权，一样的挣工分吃饭，一样的贫穷。她继承了父亲的善良和木讷，从不多说话。我们知青的房东，是俊妮儿的哥哥，所以她经常过来，帮我们做活，推磨簸谷，摘豆晒粮。有时，我们下山去驮水，她会守在院墙边，见我们安全返回，才悄悄离开。

队里的地，有的靠路边，正干着活，路上有行人经过，不管认识不认识，人们都要打个招呼，这好像是当地的风俗。有一次来人，说是贺家沟的，女子们顿时围着俊妮儿耍笑起来。俊妮儿则红了脸，躲到了一边儿去。事后我才知道，陕北的女子，早早地就被说下了婆家。俊妮儿的婆家，就在贺家沟。而那时，俊妮儿不过十五六岁。当时，我很有些感叹，若是城里的女孩子，则正值花季年龄，该有多少对未来的幻想，因这幻想，才使生命显得丰富多彩。一个人若早早地便知道了自己的归宿，那生活还有趣吗？我注意到，俊妮儿后来一直闷闷不乐，像变了个人。

有一回公社开妇女干部会，队上派了俊妮儿去。她背着自己缝的蓝布挎包，和各村的婆姨女子一起，排着队，在院子里听报告。她怯生生的，跟在队伍最后，红着脸，头也不敢抬。我正好也在公社办事，看她紧张，跟她逗趣儿，她慌乱的也没吱一声。这是她第一次以代表的身份，参与“公家”的事。这好像和俊妮儿的本色很不协调，我不知道是她不习惯还是我不习惯。可能是我只熟悉了她挎着小篮子，在地里拾猪草的样子。不管怎么说，我还是高兴她能有这样的机会。听了报告，回来还要传达，队里招集婆姨女子们在涝池边开会，大大小小的娃娃跟了一堆。这没我们男人的事，我远远地看见俊妮儿在给大家讲话，听不见她讲什么，只见她涨得红红的脸。

1971 年底，我被招工了。离开农村前，老乡们都邀我到家里去吃饭。第一个，就到了俊妮儿的家。我去的时候，炕桌酒菜已经摆好，我和老郭森在炕上盘腿坐着。女人们照例是不上桌的，俊妮儿和她妈在灶火那儿忙着。喝了几盅酒，俊妮儿妈端上来一盘白面扁食，说这是俊妮儿专门为你捏的，快趁热吃。我知道，平日里老乡们是不吃扁食的，只有在过年时才有这福分。我怎敢一个人独享，可让来让去，他们都不吃，说如果我不吃，俊妮儿会不高兴的。全家人眼看着我把这一盘扁食吃完。俊妮儿在灶火前使劲地拉着风箱，自始至终没说一句话。扁食就是饺子，只不过它的皮儿不是擀出来的，而是用手一下一下捏出来的。

离开村子的那天，队上用一头毛驴驮着我所有的行李，男人们都到村口来送我。女人们则站在院门口或窑畔上远远地望着。我没有看到俊妮儿，但是我相信，会有一双眼睛送我到很远。

最后一次见到俊妮儿，是在延安市的大街上。那时我正在汽车修理厂里学徒。突然的邂逅，使双方都惊喜地叫了起来。问过之后才知道，她由县上选派，到地区参加一个农村养殖的培训班。这时的她，显得活泼、开朗、大方，没了在村里时的忸怩和羞涩。她关照同伴先回去帮她请个假，然后就和我在大街边聊天。她问了很多我在工厂的情况，关切之情倒像一位老大姐。我没有细问她的学习情况，但能感觉到新的环境给她带来的变化。我知道在培训班，她会听老师讲课，在小本子上做记录，参加讨论，在招待所食堂吃大锅饭，这些在我们看来最平常的事，对俊妮儿来说，却是一种全新的生活。我曾经幻想着，俊妮儿能成为新时代陕北农村妇女的一个代表，一步步，从大队到公社，到县城，到延安，不断地向山外走，接触新的世界。我也曾天真的以为，她的命运会与她的母辈们有所不同。然而，俊妮儿还是没能摆脱悲剧的结局，她和新生活的接触，与传统的生活轨道相比，显得那么短暂和脆弱。不管她曾经到过哪里，干过什么，最终还要回到黄土地上，和她的母亲一样，嫁人生子，继续着祖祖辈辈世代相传的日子。

我听说俊妮儿最后的故事是这样的，不知为什么，贺家沟的婆家与她退了婚，这在陕北来讲，可不是件好事。我想，这时她的岁数已经不小了。后来经人介绍，她嫁到了远离家乡的渭北地区。也许是日子过得并不舒心，没过几年，她就病死了。

陕北的民歌里，讲述过许多女子的故事，如蓝花花、桂姐儿等等，她们无一不是对生活充满美好的希望，却最终只得到一个悲惨的结局。正因为如此，陕北民歌总是含着一种悲凉的色彩，所以也叫酸曲。但蓝花花们还是幸运的，因为有人为她们编歌，向世人唱出她们的心酸。可有谁知道俊妮儿呢？一个普普通通的陕北女子，她虽然没有生活在蓝花花的时代，但延续着同样的命运。她虽然没有值得传唱的故事，但不应该被人遗忘，因为陕北的发展与变化，正是从俊妮儿们身上开始的。

改转子
画于郑家塝

灵　辫　儿

灵辫儿呆呆地在黄河边上坐着，任凭河道的风吹乱了她的头发。她不知道，还有没有必要渡过河去，回到自己的小山村，见了父母，她该怎么说呢。

灵辫儿遭遇的，是一个被重复了无数次的“痴情女子负心汉”的故事。她用做乡村教师那一点收入资助到研究生毕业的男友，突然向她提出分手。这类事在外人看来，平常得有如日出日落，但对灵辫儿来说，不啻灭顶之灾。她想不明白，那个口口声声要报答她的男友为什么会变心，她要当面去问一问。

乡村女教师灵辫儿，第一次离开陕北，来到沿海那个陌生的城市，费尽千辛万苦，终于找到了男友工作的单位，却连男友的面都没见上，人家让门卫挡住她，说根本就不认识她这个人。任凭她磨破嘴皮，那门卫连个话也不肯传，最后干脆把门一关，理都不理她。

灵辫儿简直要气疯了，这人红口白牙的，怎么就能昧着良心说瞎话，上了那么多年的学，竟然学成了一只白眼狼。灵辫儿自小性子柔弱，见生人就脸红，她不会打滚撒泼当街叫骂那一套，也没有任何东西来证明自己和男友之间的关系，她在门口坐了几乎一整天，也没能感动那个冷面的门卫，灵辫儿只好走了。

灵辫儿一路哭着回来，脑袋像挨了一闷棍，昏昏沉沉，她木然地下了火车换汽车，直到黄河渡口，被河风一吹，才有点清醒过来。河对岸就是陕西的佳县，过了河还要沿着岸边的小路行三十里，才能到达她的家青石峪。灵辫儿来的时候，几乎是一路小跑，可现在，双腿似灌了铅般的沉重，她不愿成为人们议论的焦点，更不愿看到人们怜悯的目光，她想，还不如跳到黄河里去，让这一切恩怨都顺着水流走，一点痕迹都不留下，就当世上从没有她这个人。可她又不甘心，陕北民歌中曾经唱道："一碗碗凉水一张张纸，谁卖良心谁先死。"凭什么受了伤害的她要先死，再说，她死了，她的父母，她的学生由谁来管呢。可要不死，今后的日子又有什么意思呢？

正当她胡思乱想的时候，渡口开船的二毛大声吼着招呼她了。二毛的机动木船已经上了三四十个人，有相识的乡亲，向她频频招手，那柴油机突突地响着，好像也在催促着她。灵辫儿想不出可以解释的话，两条腿不听使唤地就上了船。

那一天，是阴历的四月初八。

渡口那边的山上，有一座大庙，在陕甘宁一带很有名气，每年的四月初八，这里都要举办庙会，来自四面八方的人们云集于此，烧香祈福，听说在此求子，十分灵验。所以，黄河上的渡船，此时也十分繁忙，来来往往，如穿梭一般。

二毛正要开船，渡口上呼啦啦又来了二三十人，急着往船上涌，二毛也没拦，本来能载四十人的船一下子就上了七十人，二毛忙着收钱，却没注意到那水面离船帮只有不到一尺的距离。想必在这个渡口，超载已是家常便饭，所有的人只想着去庙里上香，便催着赶紧开船，却没有一个人感觉到危险。

灵辫儿心里还在想自己的事，丝毫没有察觉到船上的变化，她靠在船头，眼睛直勾勾地看着河水，一点都没听见身后的嘈杂。

二毛点够了钱，这才发动了柴油机，缓缓地将船驶离了码头。

那船慢慢地向河中央驶去，发动机吃力的运转着，突突地冒着黑烟，舷边的浪花不时地拍打到船里边来，溅湿了人们的衣裳。

山陕峡谷中的黄河，甭看它不宽，可总被两边的石崖挤压着，脾气就不会好，它以急流、漩涡、涌浪向人们显示，想渡河可不是那么容易的事。

船行到河中央，水流猛然加剧，船身开始有些摇晃，水面几乎与船舷平了，正在此时，那柴油机却突然熄了火，二毛拼命地发动机器，但毫无效果。他此刻也惊慌了，豆大的汗珠从头上淌落下来。失去了动力的船开始倾斜，被急流拖着往下游漂，船上的人躁动起来，有的去帮二毛摇机器，有的急忙去抓紧船帮，这更加剧了船体的晃动，而黄河水却毫不怜悯惊慌失措的人们，一浪紧似一浪地推着船体，船身像是荡起了秋千，在浪尖上颠来倒去，水不断地涌进船舱，终于，在一个大浪过后，木船被翻了过来，把这七十多人都抛到了水里。

河面上陡然响起一片凄厉的呼喊，震荡着山陕峡谷，岸边上等船的人，还有周围村庄的老百姓，都被这一幕给惊呆了，人们本能地狂喊，跺足捶胸，倒是使过船的爷们儿最先回过味儿来，他们奔向河边没有离岸的渡船，还有的跑回村子去找船，两岸的村子里，顿时响起一片救险的锣声。大大小小的船出动了，汉子们拼命划着船桨，向着落水的人靠近，在湍急的黄河中，与死神展开了一场生死搏斗。

船儿划得快，但水流更快，转眼之间，落水的人就被冲下去一里多路，只能看到一片黑压压的头在水面沉浮着，使船的汉子们拼了命地划，两边岸上的人顺着小路往下追，慢慢的，船和人就都看不清了。

还有些女人，可能船上有她们的亲人，她们跪在河边，把头一下下地磕在泥地里，哭得喉咙都嘶哑了。

灵辫儿直到落入水中才猛醒过来，拼命挣扎，本能的求生欲望使她忘记了还要寻短见的念头，混乱中她的手摸到了一根木杆，便死死地抓住，她张口想要呼喊，但一个浪头打过来，呛了满口的水，湍急的水流裹着她，飞似的向下游冲去，衣服被水一泡，铁板似的重，拉着她往下沉，浑黄的水渐渐没过了头顶，使她无法呼吸，在接连灌了几口水之后，她的意识开始模糊了……

等到灵辫儿醒来，已经躺在人家的炕上，她身上盖着棉被，暖暖的出了汗，她动了一下手脚，才发觉自己竟然浑身是赤裸着的，她慌乱地睁开眼，看到周围都是婆姨女子，这才放下心来。女人们看到灵辫儿醒来，都欢喜得什么似的。这个村子叫何家坪，也有从青石峪嫁过来的婆姨，很多人都认识灵辫儿，有个老婆婆，灵辫儿记得应该叫她四姑，拉着她的手直说，娃啊，你命大，你命大。

婆姨们说，把灵辫儿救上来时，她的手里还死死地抓着一根篙杆，若不是有这东西，恐怕她早就沉下去了。

后来灵辫儿才知道，在这次船难中，两岸的村子共出动了十几条船上百人参与营救，但就这样，还是有二十多人没救上来，包括开船的二毛。

灵辫儿四肢软软的，动也不想动，脑子却没停下来，生活的一幕幕像电影似的闪过，她是喝黄河水长大的，民歌里唱道：黄河岸边的灵芝草，长得不高生得好。这话有些灵验，她皮肤白细，任凭风吹日晒，却还依旧。只有头发是褐色的，不似其他女人般的乌黑，乡亲们总说她像个洋人。不仅模样好人还灵巧，在村子里，灵辫儿是第一个上了县中学的女子，邻居们都夸，说她家出了个女秀才。

青石峪在距离县城四十里的黄河边上，灵辫儿的中学，就在县城的山下，每个月，她都要沿着在悬崖上凿出的只有二尺宽的险路走一个来回，背回自己的口粮。县城很小，只是建在山顶上一条不到二里长的街。但对灵辫儿来说，那就是她到过的最大的地方了。她羡慕街里的女孩子，可以随意地到商店去购物，到俱乐部去看电影，到小书店去买书。县城里有汽车站，虽然每天只发一班车，但这一来一去，在小城可是件大事。灵辫儿看着汽车从前面的山头吃力地转上来，又带着一车人离开，心也随着跑到了远方。每到夜晚，灵辫儿总爱趴在宿舍的窗子上，仰望山头县城的点点灯光，想着能够在这里生活该有多好。

中学快毕业的时候，父亲得了病，家里无力供她继续求学，在老师们遗憾的目光中，她拿着毕业证，回村当了一名民办教师。

灵辫儿依然渴望着山外的生活，好在作为中学同学的男友考上了外地的大学，本科毕业后又上了硕士生，这意味着他将变成城里人，当干部拿工资，可以顺理成章地把她接出去。美好的未来像朵花，在她心里开着。这种欢悦的心情，也带给了她的学生，在那个简陋的小学校里，十几个孩子成天围着她，快乐得就像一群小鸡。她省吃俭用，积攒起微薄的收入，三十五十地往男友那儿寄。在往来的书信里，他们共同筹划着今后的日子。一年又一年，她耐心地等待着。身边的姐妹都变成了婆姨，抱上了孩子，虽然按照乡里的规矩，她早已过了出嫁的年龄，可并没有遭人议论，因为谁都知道，她迟早是要走的。

谁知一夜间，这一切都化作了泡影，曾经被人羡慕的她，转眼就成了个没人要的老姑娘。单纯的她怎么也想不明白，自己到底哪儿做错了，她也不会知道，娶个城里姑娘对男友来说意味着什么。失望和怨恨，像火一样烧灼着她的心，只有用滔滔的黄河水才能浇灭它。

看来老天爷并不想让她死，比起那些葬身河底的人，她是幸运的。她回想起落水的那一刹那，死亡扑面而来的那种恐惧，后怕使她身上一阵阵地冒冷汗，原来，死也不是那么容易的事情。为什么要死呢，为了那个负心的人，值得吗？想起不久前，公社的文教干部跟她谈过，要把一批民办教师转成公办，她是最有希望的一个。下学期，她最疼爱的小侄子，就要到她的学校来读书，村里已经同意，给学校做两个篮球架。看来，该做的事情还有很多。为了那些豁出命来救她的人，她也应该好好地活着。城里的灯光虽然诱人，毕竟遥远，也不是唯一可以照亮人的地方。

等到灵辫儿恢复了些体力，四姑她们牵了一头驴，把她送回了青石峪。灵辫儿的死里逃生，成了乡亲们议论的主要话题，至于那个变了心的男友，反倒没人问起。

我是在这场船难发生后不久，来到黄河边上采风的，在何家坪许多村民的窑洞里，我都看到了由政府颁发的“英勇救人”的奖状，婆姨们绘声绘色地讲述着那次的经历，那些扳船的汉子，也不是什么五大三粗的样子，倒只是憨憨地笑，并不多说话。

我之所以知道灵辫儿的事，是因为她是我学生久娃的本家姐姐。在青石峪，久娃还带我到灵辫儿家去作过客。她独自住在一个只有两孔窑洞的小院里，窑面用石块砌着，整齐利落。窗子上一半贴着白纸，下一半镶着玻璃。站在院子里，可以看见远处的黄河。

灵辫儿正在打扫她的窑洞，院子里的树上拴着绳子，挂满了床单被褥，我注意到，灵辫儿和村里的其他女子不同，她的床单被面，不是红绿满眼的大花，而是一些淡淡的浅花，新新的像没使用过，阳光照在上面，显得洁净素雅，我猜想，这一定是灵辫儿的嫁妆。窑洞里有很多的书，在炕上箱子上堆得哪儿都是。灵辫儿不好意思地对我们说，正在收拾，连个坐的地方都没有。

本来久娃带我看灵辫儿的目的，是想和她聊聊天，宽慰一下她的心情，看到这情景，我们俩谁都没再言语，因为我们已经知道，灵辫儿又要开始新的生活了。

艾兰小像
少女名艾兰长在延
河畔明眸似朝露秀

归　　乡

陕北人恋家乡是出了名的，在外人眼里的荒凉贫瘠之地，却被他们看做是天堂。我的一个朋友老家在榆林的一个偏僻小镇，偶尔回去，乡亲们问他，外边是否也有像咱们镇一样好的地方，弄得他不知怎样回答才是。我想，好与坏，本是相对的，重要的是个人的感受。陕北有许多红军时期就参加革命的人，胜利后，放下枪就回村种地，让到城里当局长都不去。还有的老干部，把儿女撇在北京，离休后就回到故土，箍一两间窑洞，安安静静地过日子。

人在江湖，身不由己，可有故乡的人与没有故乡的人是不一样的，虽然羁旅天涯，想到总有一块土地是属于你的，心里就会踏实许多。虽然那个地方远隔千山万水，可能连公路都不通，但在被黄土包裹着的小村庄里，有你同宗同祖的族人，有你割不断的血脉。不论是穷是富，是发迹还是落没，故乡都会认同你，包容你，接纳你。中国人讲究落叶归根，哪怕是一缕游魂，只要能回到故乡，便会得到安宁。

“人从哪儿来，最终还要回到哪儿去。”

这不是我说的话，而是老康对我说的。那时我们刚插队不久，正在为是否“扎根儿”苦恼不休。老康不是哲学家，也搞不懂这说法还具有哲学上的意义，但他讲的是老百姓都认同的老理儿，而且从他嘴里讲出来，好像更具有一点权威性：

“什么扎根，我把话撂这儿，你们这些北京娃，迟迟早早都要回北京去的。”老康的预言，最后都应了验，没几年工夫，队里的知青走得一个都不剩了。

老康在我们村算是一个奇人，颇有番经历。他很早就出去上学，然后在一家国有企业干技术工作，捧上了铁饭碗。那时，老康是一个叫全村父老都羡慕的人，每年回乡探亲，是老康最风光的时候。他不穿咔叽布的中山服，专门换上一身崭新的工装，以显示在工厂工作的身份，因为在那时，工人的社会地位是最高的。

也许是太过得意，仗着根红苗正，老康的脾气渐长，竟对领导也不尊不敬起来。有一次因工作问题发生了争执，话赶话的，竟把领导臭骂了一顿，还掀翻了桌子。领导哪咽得下这口气，便以攻击党的领导为名，将他打成“现行反革命”，开除了公职，送进了监狱。

蹲在号子里，老康还是想不通，骂了领导的老娘，怎就成了现行反革命，他老娘难道等同于党吗？那时“以阶级斗争为纲”，也没有律师辩护，老康一肚子委屈，无处可讲。越是想不通，老康的脾气就越坏，他拒绝认错，到处申诉，不服管教，那他在狱中的处境便可想而知。祸不单行，老康的身体每况愈下，竟然染上了肺结核，这病来得凶猛，没过几日，老康就已奄奄一息。

说来也巧，不久之后，整他的那个领导被查出了经济问题，罢了官。接任者恰是老康的同乡，本来就对老康挨整心存不满，此时掌了权，便出手帮助他。他先给老康办了保外就医，然后以单位名义给公安部门写申诉材料，说是前任领导为掩盖自己的经济问题而诬陷的老康，简段截说，一是老乡的手段有效，二是有关部门也不愿担负着一个病秧子，给自己带来麻烦，老康最终被判无罪，抬回了家。

虽然平了反，老康却不是一个胜利者，他的身体已经彻底垮了，医生预言他不会活过五年。同乡仁义，给他办了病休，每月工资照发。

等我在村里见到老康的时候，他已经活过了五年。倒不是医生危言耸听，我想是故乡的水土延缓了他的生命。他每日的营生，就是吃饭睡觉聊天。甭看他整日有手好闲，可在乡亲们中间，他依然受到尊敬。每月几十元的工资，对于庄户人来说，是一笔巨大的收入。要知道，乡亲们一年拼死拼活地干，收成好的时候，也就能拿个十几元钱。所以，老康每日能吃一个鸡蛋，到赶集时，也能坐在公家开的饭馆里，大模大样地要上一碗羊肉臊子面。

老康很瘦，面色黑黑的，一根细脖子，支撑着脑袋。脸上没肉，颧骨底下塌成两道壕，倒显出两个大眼睛，白的多，黑的少。他时常穿一身上下皆白肥大的土布衣裤，咣里咣荡的，叫风一吹，好像能把他带得飞起来。我奇怪的是，身患肺病的他，却在脖子上挂了一个十分讲究的紫铜烟袋锅子，烟荷包鼓鼓的，时不时地还抽两口，好像并不在乎吸烟对他的肺会加重损伤。农村人都忙，只有他，日上三竿才晃晃悠悠地从自家窑洞里出来，像个巡视员似的在村中踱步，然后就纠集几个老汉在地头树荫下聊天，讲外边那些别人不知道的事，对着干活的人品头论足。

这是老康备感得意的时候，村里人有的连汽车都没见过，而老康竟然坐过火车，村里人搞不懂电是个什么东西，而老康的工作就是电器维修，他去过几个省的省城，见过比县长还大的官，吃过真的鱼，还喝过能冒泡的汽水，在知青到来之前，老康是村里唯一见过外面花花世界的人。所以不管他怎么胡侃，别人也只有点头称诺的份儿。

老康的性情变了许多，一是牢狱之灾磨了他的火爆脾气，二是乡里乡亲之间也没那么多斗争可言。他说话慢条斯理，还不乏幽默感。老乡们因他是个被医生判了死刑的人，言语间也都尽量顺着他，有不合适的地方，也无人计较。

老康喜欢和知青聊天，因为外面的许多事和名词，跟老乡说起来煞费口舌，在知青这里能够找到共同语言。比如说，老康是全村唯一知道编辑是干什么的人。当他听说我父亲是编辑时，马上瞪大了眼睛，叹道，了不起，那不是一般人能够干的。他甚至向别的老乡吹嘘说，编辑的作用和中央委员差不多。闹得村里人以为我爸是多大的官儿，我反复解释也不行，人家说，你紧张什么，又不是要找你借钱。

我说老康是奇人，是因为他横跨三大差别，脚踩生死两界，何人能与他相比。他生活在乡村，却拿着工资，保留着城市户口。他虽然活着，却早已知道了自己的死期。这种人，除了阎王老子，已经无人能管得了他。所以老康说话，毫无顾忌，当时还属“文革”时期，虽然陕北不似北京那么紧张，也是不能乱说的。可老康已经不怕这些，专拣那些上边不爱听的话说。

由于被整过的缘故，老康最反感的就是运动，他记性好，常常数落每一次运动之后农村的变化，他说我们这儿合作化之前，一家打的粮食就比现在一个队的都多，可越搞运动粮越少，光讲那些好听的没粮吃顶个毬用。

老康也不在乎他的贫农身份，他说土改时正好他的叔叔在乡上当文书，便问上边的干部什么成分好，人家说当然是贫农好了，他便给自己家填了个贫农。“其实，”他狡黠地笑着跟我说：“我们家的地比那些中农还要多。”我们村没有地主富农，阶级斗争便开展不起来，乡间处理事情有自己的方式，如果邻里之间产生纠纷，夫妻吵架，婆媳不和，就会请村里的长者评理说和。老康的辈分和年纪都不能算最大，可每次的“评审团”成员里都有他，乡亲们尊他是见过世面的，乐于听他的意见。老康一脸庄重的表情，大模大样地坐在人家炕中间，指指点点好不神气。

老康对知青是另眼看待，因为知青和他一样，都有过做城里人的经历，所以，他有时在言语中，用“他们”来称呼村里的人。他说，你们生下来就是念书的，他们生下来就是受苦的。他同样对什么扎根一类的说法不屑一顾：“学生们下乡，了解农村人咋个受苦也就够了，你们留在这儿，也多打不下几颗粮食，帮不了受苦人。将来回去，保不准当了官，还能做些大事，到那时别忘了受苦人就不错了。”

有一天队里往上坪地里送粪，一趟就有三四里路远。我身小力薄，担子压上肩，连腰都直不起来，眼瞅着别人嗖嗖地走没了影，只得拼命往前赶，正着急间，却在村口遇见了老康。他坐在树下，见我过来，便硬拉住不让走，他说，呱娃些，你是个读书人，跟他们较什么劲，人家是自小干惯了的，歇一会儿，地里也不缺你那一担两担的。

我已经比别人少挑了两趟，哪敢停下来休息，应酬了几句，就赶紧跑了。虽然拒绝了他的好意，但听说他在背后还夸我，说这孩子要强，能成事。

他早就为自己买好了寿材，选好了墓地。他的寿材是柏木的，想必不便宜，买自距离我们村五十里的郝家塔。运材的那天，村里的青壮年几乎都上了阵，我们几个知青也参加了。那柏木着实沉重，八个人抬一块还压得够呛，行不到一里路就得换人。这庞大的队伍和贵重的寿材惊扰了沿途的村庄，见到的人们纷纷发问是谁的，于是老康的名字就响遍了五十里的山路。外村人不知道老康的事，只是啧啧地赞着，说人家这一辈子没有白活，能有这样好的棺材睡。回到村里，天都大黑了。老康家准备了羊肉臊子压饸饹，请大家吃了一顿。

虽然老康活过了医生的预期，但还是挡不住阎王爷找上门来。在我插队第二年的秋季，老康终于病入膏肓，起不来了。家人开始为他准备后事。依当地风俗，人走之前，要剃一次头，弥留之际，老康还想起了我，嘱咐家人，一定要请我给他理发。等我赶到他家的窑里，老康躺在炕上，已经不能说话了，家人亲戚围着，就等送他上路。他看见我，嘴唇动了动，却发不出一点声音。他的眼睛瞪得大大的，眼神里没有恐慌，平静如水，我感觉，他很像一只即将作为牺牲的羊，顺从地等待大限的降临。

家人把他的头扶出炕沿儿，用手托住他的脖子，我几乎是跪在地上，小心地给他理发。我这人胆小，碰到丧事通常都躲着走，何曾想到要给即将逝去的人理发，但老康的嘱托我又不能不答应。

窑洞里黑乎乎的，只在炕头上点了一盏油灯，半明半暗，映出了家人凝重的脸，所有人的目光都集中在我的手上，我抑制住颤抖的心，一下一下捏着推子，生怕夹了他。好容易理完了，家人端来热水给他洗净擦干。我收拾好工具，谢绝了人家留我吃饭的好意，匆匆离去。不知是因为费力还是紧张，汗把身上的衣服全湿透了，出得门来，被风一刮，冷得直打哆嗦。

老康死了，出殡的那天我没有去，只是远远地看着人们把棺木抬到了对面山上。那山呈半圆形，环抱着我们村。他的坟，对着村头的崄畔，背崖挡住了风，阳光也能照上，这是老康早就选好了的地方。在故乡的怀抱里，他终于可以放心地长眠了。老康不是个完人，性格决定了他的命运，不管遭遇了怎样的灾难，在最后的日子里，是故乡给了他亲人的温暖，恢复了他做人的尊严。这是一个近乎原始的村庄，人们还在依据传统的伦理道德和农耕方式行事，很少享受到现代社会的好处，却也避免了外面世界的许多伤害；否则，像老康这样的人，又怎么能平安地度过他的余生。

白布衫衫

“羊肚子手巾白又白，大摇大摆大路上来。

羊肚子手巾三道道蓝，拢在哥哥头上真好看。”

在一般人心目中，羊肚子手巾是陕北农民最显著的标志。其实，在老乡们中间，年轻人一般不系，老汉们才系。小伙子嫌系手巾老气，他们倾心的是绿军帽。知青们来插队，却一眼就看上了白手巾。要和农民打成一片，装束上也得入乡随俗，但土布衣裤没有，况且那大面裆裤咱也穿不习惯，一条白手巾倒是随处可得，扎起来也方便。所以，学生们就学了来，不怕人说老气的话。你若在村里见一个年轻后生穿身蓝制服，头系羊肚子手巾，那肯定是知青无疑。

羊肚子手巾不光是标志，它的用途很多，在地里干活可以用它擦汗，遮阳；身上着了土，用它做掸子；掏了一把小蒜，用手巾包好，揣在怀里带回家。一条手巾用不到两个月，就不见了白色，也看不清那三道道蓝，我们依旧天天顶在头上，并不觉得腌臜。

陕北人手巾扎得漂亮。我常见舞台上演陕北农民，把手巾在额前系成个大疙瘩，巾角一个朝上一个朝下，显得滑稽可笑。这是外行的扎法。老乡们扎手巾，从脑后兜过来，将两个巾角一拧，在额前相交，一缅一掖，便牢牢地缠在一起，两个巾翅只露出一点点，显得利落精神。我后来上了美术学院，没少画陕北农民，觉得那头巾好看却难画出神韵，在线条组织上尤其要下工夫，可见羊肚子手巾并不一般。

扎上了白手巾，我并不知足，觉得还不像陕北人，便盘算着寻一件白布衫衫，像老乡们穿的一样。年轻时也好美，只不过这追求与现时不同。说起这白布衫衫，也是大有讲头，人凭衣服马凭鞍，陕北后生本来就长得精神，若是头扎手巾，着雪白的褂子，再扎上腰带，真是如吕布再世，让人看着喜欢。所以陕北民歌唱道：

“白布衫衫你给哥哥缝，我给你买上一个洗脸盆。
白布衫衫对门门，远远瞭见妹妹笑盈盈。
白布衫衫白又白，把你的白脸脸调过来。
白布衫衫新又新，白脸脸带笑好相亲。”

我要白布衫衫，并不是想讨女孩子喜欢，当时年少，还想不到这一层，自己相貌平常，也不会有妹妹肯为我调过脸来。我的目的，只想穿戴整齐，拍一张照片，给父母寄去，让他们看一看儿子在陕北当农民的光辉形象。

这白布衫衫无处可买，只能央求老乡给做。村里婆姨中衣服做得最好的，是根全子妈。我找到根全子，让他回家给问问。

根全子妈是个利索的人，甭看我们村子穷，又缺水，可她总是穿戴得整整齐齐，干干净净，家里大人孩子也没有邋里邋遢。衣服笑破不笑补，庄户人也有自己的尊严，不在钱多少，全看你勤快不勤快。

根全子妈一口答应，但同时又为难地说，家里没有剩余的布，要想做衫衫，只能等到秋后收下棉花，纺了线，织成布。你如果着急的话，到县城买回白洋布来，我马上给你做。

洋布衫咱本来就有，再做一件有什么意思，穿起来轻飘飘的，不是那个劲儿。土布粗糙厚实，吸汗透气又挡风，况且我要的就是地道的土味儿。我和根全子妈商定，衫衫秋后收了棉花再做。

从这儿以后，我便关心起队里的那片棉花地来，干活也格外地上心。看着棉苗一天天长高，结了桃，吐了絮，直到摘棉花的时候。这是我平生第一次采棉，说来好笑，每摘满一袋子棉花，我就在打量，够不够我那一件衫衫。

棉花收获了，除了上交给公家的，都分到了各家各户。这时，婆姨们就都开始忙活起来。

村里陆续来了一些弹棉花的匠人，找一个空窑，支起了轧花机。婆姨们就把自家的棉花往这里送。轧花是不用花钱的，只要把花籽留给人家就行。

在城里时，我从没见过原生态的棉花，什么棉衣棉被都是做好了才拿到你跟前。里面絮的，听说也未必是原棉。而队里自产的棉花，轧过之后，白得似雪，虚蓬得像云，纤维又长，摸着柔软光滑，令人好生喜爱。

要想织布，先得纺线，要纺线，先得做棉条。我见根全子妈把棉花平平地铺在炕上，用一根熟秸秆在上面轻轻一滚，卷上薄薄的一层棉花，再把熟秸秆抽出来，一个空心的棉条就做成了。我见好玩儿，也去试着做，却不是太厚，就是太薄，终于叫人轰了走，用句俗话说，“你一边儿待着去！”

棉条儿做好了，放在笸箩里，高高的一大堆。婆姨们就开始纺线。

陕北的农村，家家都有纺车。这纺车都是木制的，车架子底座是一个长木块，右边装一个由木条组成的绳轮，有手柄，左边装着锭子。锭子头是一根尖尖的针，把棉条缠在针上，摇动绳轮带动锭子转，随着左手的一抻一缩，拉出粗细均匀的棉线就缠绕在锭子上。

莫要小看这纺车，它是中国纺织业的活化石，起码也有两千多岁了。我后来在汉代画像石刻上，见到了几乎一样的形状。

婆姨们忙完了一天的事，伺候大人孩子吃罢了晚饭睡了觉，便盘腿坐在炕边上，摇着纺车纺线线。这好像是妇女的专利，也是专属婆姨的时间。油灯昏黄地闪着，把她们的影子投在窗棂上，虽然纺车的轴上都被点了灯油，可摇动起来，还是会发出咿咿呀呀的声响，好像女人们在低唱。

婆姨们纺线的姿势很是好看，有人形容是“白鹤亮翅”，她们一手摇动绳轮，一手扯出棉线，拉的时候，身子稍向后仰，送的时候，又微微前倾，手臂上下轻扬，柔和而端庄。纺线的要点是用力均匀，左右手协调一致，不可忽快忽慢，慢了则粗，快了则细，织出布来，就会疙疙瘩瘩，不能平整。这是检验婆姨能力的试金石，做出来的衣服是要给别人看的，所以她们都竭尽全力，把线纺得漂亮。我因遭受了做棉捻子的失败，此刻再也不敢造次，那纺车碰都没碰。

线纺好了，婆姨们把它从锭子上取下来，绕成线团，经过浆洗，就可以上织布机了。这机子也是古物，我估计和《天工开物》上画的差不多。

织布机可不是谁家都有，一个村里有那么两三架就不错了。棉纱线上机仿佛是婆姨们一项隆重的仪式，邻居都会来帮忙。男人们熟练地装配着机子，女人们帮着往卷轴上缠经线。要上机的婆姨眼睛都放着光，像一个即将登台的演员。待一切准备停当，窑洞里就会响起经久不息的机杼声。婆姨坐在机前，脚踩踏板，手持梭子，一踩一拉一抛，机子就会发出有节奏的声响。要比谁家婆姨能干，要看她一天能织几尺布。一根棉线顶多一毫米粗，布匹一毫米一毫米地延伸，全村男女老少几百口子人的衣料，几度抛梭织得成，恐怕没人能数得清。

我特别痴迷婆姨们织布的动作，喜欢听那个木头织机吱吱啦啦的声响，我觉得它不仅是一架生产工具，也像是一台乐器。“唧唧复唧唧”，当年花木兰也曾伴着此声叹息过，可见织布这事，从古至今都是饱含诗意的。

虽然喜欢看婆姨织布，我可不敢老往根全子窑里跑，免得让别人说我在催命。好在村里织布的不止一户，到别家看也是一样。

根全子妈终于把布织好了，把我叫去量体裁衣。没过几天，一件崭新的白布衫衫就送到了我的手上。

这正是我梦寐以求的样子，小立领，溜肩，前襟排着七行用布条缝成的疙瘩袢扣。穿在身上舒适合体。布面摸起来麻麻的涩涩的，透着一股土气。就是那袢扣系起来有点费劲，不如纽扣那么便当。我把同伴都叫来看，大家都说好。在同村的知青里，我是第一个拥有白布衫的，心中很是得意。

根全子死活不收钱，我又不能白要人家的东西，就送了他几斤棉花。

只可惜白布衫衫到手的时候，天已经凉了，我们都换上了破棉袄。这件衣服在我箱子里放过了冬春，到来年夏天才穿上。

时隔多年，几经迁徙，我的这件白布衫已经找不见了，只留下几张发黄的照片，还见证着我穿着它的样子。曾有年轻的朋友见过这些照片，竟然笑弯了腰道，你当年怎么是这副傻样儿！弄得我好生不快。不过转念一想，也就释然，人家以洋为美，自然瞧不上这土里土气的打扮，不必较真。这土布如今也身价不菲，甚至漂洋过海，反被洋人们喜欢。风水轮流转，城里的时髦男女，穿着土布衣衫招摇过市，也大有人在。我当年的打扮，是落后还是超前，还真不好说呢！

山 沟 沟

从延长县城到我插队的郭家塬村，有两条路。一条走塬上，一条走沟里。这是条大沟，由于在县城的西边，人们都叫它西河子沟。从沟口行二十几里路，登上一个大土坝，再拐进一条支岔，就到了我们的塬下。沟还在向北延伸，有多长，没人知道，通到哪儿，说不清。

塬上路，在山脊上盘，天高路长，你要去的地方，远远地就能照见。沟里的路，曲曲弯弯，你的视线永远被前边的山脚拦着，看似憋屈，其实有个好处，前方总是在你的想象之中。

山沟有山沟的趣味，沟里有水，虽然不多，但也总在流着，老乡们称之为“长流水”，“走西口”歌谣中唱的“喝水要喝长流水”可能指的就是它。山路一直纠缠着溪水，一会儿在它的左边，一会儿又跑到右边，人随了路，在溪水上跳过来跳过去，行程也多了许多乐趣。

有水就有树，沿着溪流，通常都长着形状像伞的柳树，老乡们叫它“砍头柳”。每到春天，树枝长出嫩芽，轻绿好似一蓬烟，给山沟增添了许多生气。有了树的遮蔽，路人可以暂时躲开日头的暴晒，走累的时候，在树下坐坐，抽袋烟，舒服自在。这事在青山绿水的地方司空见惯，不值一提，可对于我们常年在荒山秃岭上风吹日晒的人来说，已经是一种享受了。

到了冬季，沟里就不见了溪流，可水却以别样的形态，顽强地表现自己。黄土高原的底部，是厚厚的石层。经过流水的切割，变成了深沟和高高的崖壁。石壁上经常有水渗出来，每到冬季，泉水淌一层冻一层，慢慢的，形成巨大的冰瀑，好似股股喷泉在瞬间凝固了，保持着咆哮的姿态，悬在人们的头顶。

沟里的路不宽，可在山里，也算一条大路了。每年总有那么几天，沿途各村，都要出人出工，分段修路。把被水冲毁的地方垫好铺平，把窄的地方铲宽。“修路补桥，显见功劳”，这是陕北老乡世代流传下来的乡规民约，没人偷懒，都愿意做的。不管分派的地段离村子有多远，老乡们自带了干粮，早早出发，摸着黑回来。

山沟沟于黄土高原，是水路，小沟进大沟，大沟入川道，每年把大量的黄土送进黄河。而对人来说，则是出行的必由之路。人们顺着脚踩出的沟边小道，踏上大路，从这里去到县城乡镇。每到赶集的日子，寂静的山谷里就热闹起来。十里八乡的人，从各条山沟里都逐渐汇集到这条路上，络绎不绝。拉车的，挑担的，赶牲灵的，还有像我们这样有手好闲的。人们打着招呼，相互询问着农情和家人。你会觉得，对分散居住在沟峁屹崂间的山民们来讲，山沟沟，也是一条情感的纽带。

而在知青们的眼中，山沟沟还是一条人生之路，充满了悲欢离合的色彩。我们从这里走向陌生的山村，从县城出发时，知青的队伍浩浩荡荡，前呼后拥，绵延几里地长。渐渐的，人们分别拐进了各自的山沟，队伍越来越短，等到了我们队的沟里，便孤零零的剩了几个人。这时才会感到，独自面对生活的日子开始了。

插队的几年中，我们无数次地走过这条山沟。赶集，买农具，送公粮，有时还要去驮返销粮。有几次队里的知青摔伤了，我们连夜抬着伤员顺着这条沟赶往县医院，抢救生命。有的知青离开了农村，我们也是走过这条沟，相送惜别。

其实这山沟很普通，和纵横在黄土高原的沟沟岔岔没什么区别，哪位画家若看了我的文章，千里迢迢跑来选景，恐怕会失望。只是由于这山沟里走的每一步，都融进了我们的青春岁月，才使它一次又一次地回到我的梦里。

我还记得，在一个冬日的上午，我探家归来，拖着行李，独自走在这条沟里。正值冬闲，人们没得活做，都猫在窑里，所以这几十里的路上，竟然看不见一个人，耳边也听不到一点声响，连风都歇息了，只有日头将阳坡晒得发黄。从热闹的都市一下子走进这寂静的山沟，仿佛置身另外一个世界，寂寞也如影随行了。待爬上西河子沟高高的大坝，眼前是一片淤成的滩地，蜿蜒地伸向远方。收割过的玉米茬依旧挺立着，在脚下绊来绊去。举头看天，太阳已直直地挂在头顶，我突然想到，此时差不多有十二点了吧？那该是家里人到单位食堂吃饭的时间。他们聚在一起让菜说话的时候，会想到我吗？知道我一个人饥渴交加，正奔波在不见人烟的荒山沟里吗？不知怎的，心里顿时酸酸的，一股惆怅之情传遍了全身，脚下也软了，把行李一扔，跌坐在地上，眼里止不住涌出了泪水。就这样呆坐了半晌，渐渐的寒意上身，自己也觉得没趣，站起身来，寻了行李，继续赶路。

多年以后，西北风民歌盛行，有一首叫“山沟沟”的被广泛传唱，其中一句是“哦，走过这山沟沟，别说你心里太难受……”别人或有不解，说走过山沟有什么好难受的，我却偏爱这一句，认为写歌的人，兴许也独自在荒沟里待过。

其实有难受经历的还不止我一个人，在插队三个月头上，北京各中学派出了慰问团，探访知青们。我们十三中来的老师姓韩，是个复员军人，在学校教军体课。韩先生（我们那个学校传统风气颇盛，对老师不论男女一律称先生）是个典型的北方汉子，面色黝黑，脸上的线条硬似刀刻，平日里不苟言笑，一副严肃的样子。在学校时，我们和他混得还熟，要说起来，韩先生并不是主课老师，和学生接触比起教语文数学的少得多，只不过他有一个嗜好，就是酷爱围棋，虽然水平有限，但却不可一日不下。“文革”兴起，学校停课，老师学生都失了业，他便和我们一伙，整日在涛贝勒府的大槐树下，摆枰酣战，若输了棋，照样粗脖子红脸，和我们吵成一团，全无了师道尊严，倒像是一群哥们儿。所以能在陕北相见，更觉得亲切。慰问团和知青开会，自然还是接受再教育，扎根农村那一套，只是见面会开过，韩先生执意要到我们队里，和我们住上一夜。

我们自然是喜出望外，几个人簇拥着韩先生上了塬，回到我们的小窑洞。这窑洞是老乡和我们新打的，刚搬进去不久，还透着一股潮气。老师来访，理应热情招待，但我们没有酒肉，依旧是小米饭加腌酸菜，韩先生没说什么，吃得还挺香。吃罢了饭，我们特地烧了点热水，请韩先生洗了脸和脚，他见我们都没洗，连说不好意思，我们只说是习惯了，懒得洗。韩先生裹了条被子，和我们滚在一个炕上，几个人都没睡意，一直聊到东方发白。

第二天一早，韩先生就要赶到县城，与慰问团会合，启程回京。我们不顾韩先生的劝阻，坚持要送他，师生几人下了塬，进了西河子沟，沿着弯弯曲曲的小路，边走边聊。初春的陕北，满目荒凉，不见一点绿色，颇有点风萧水寒的意境，几个人送了一程又一程，直到西河子沟的大坝上，韩先生说什么也不让我们再送了，山重水复，终须一别，韩先生低着头，和我们每个人紧紧地握手，然后一扭头，顺着坝坡上的小路，径直走下去。

我们站在高高的坝上，望着韩先生的背影，突然，同伴捅了我一下道，韩先生好像是哭了，我定睛一看，韩先生的肩头抽搐着，手捂在脸上，踉跄地疾走。我的心一下子揪紧了，在学校几年，我从未见过韩先生动情，这铁一般的汉子，今天竟会泪洒黄土高坡，为了他的学生。

看到先生这样，我们心里何尝好受，又无法去安慰他，几个人便铆足了劲儿，一齐向坡下喊着："韩先生，再见！韩先生，再见……"喊声在山谷中久久地回响，惊起了一群野鸽子，在树顶上盘旋。韩先生并没有回头，依旧急匆匆地走着，转过山脚，不见了身影。

多年以后，我也调回了北京，有一日，带着老婆孩子去参观母校，刚进门，就遇见了韩先生，他的头发全白了，身板也不似当年那般挺直，虽然近三十年未曾见面，但他还是马上叫出了我的名字。我们聊起了那次送别的事，他说："你知道吗，和你们分手后，我一直哭到了县城。"韩先生说到这儿，还很激动，可见此事在他心中印象之深。我心亦慽慽，但却没有跟着说什么感激的话，因为这种情意，实在难以用言语来表达。好在虽经漂泊，却并未沉沦，还在做着自己想做的事情，也算是对先生最好的宽慰了吧。

这条普通的又惹起人伤感的西河子沟，作为人生旅途的组成部分，已深深地埋藏在我的记忆中，我不知道今生是否还有机会再次蹚过它的溪流。作为一个画家，兴许在某一天，我会在宣纸上涂抹出我的思念，但那绝不会是一张地形图，很可能只是朦胧的一片。

也是一首歌

高曼做梦也没想到，她的举动会激起那么大的波澜。其实也不奇怪，虽然我没有作过调查，但可以认定，高曼的事，恐怕在全国的知青中，也是独一无二的。

知青们下乡，行李是少不了的，通常是一个铺盖卷，一只箱子。箱子有大有小，大的，叫驴驮着，小的，人背上走。我们从县城出发，老乡们加上知青，赶着牲口挑着担，那队伍浩浩荡荡，绵延几里地长。老乡们过去没有接触过城里的学生，在他们心目中，城里人都有钱。碰到个箱子重的，他们就在猜，里面装了多少票子。

但看到高曼的箱子，几乎所有的人都惊异了，那是一个高宽有两米、厚约一米的庞然大物。死沉死沉的，八个人抬它还觉得费力。从县城到高曼插队的村子，要翻越周家圪塄的大塬，只见抬箱子的老乡，喊着号子，满脸通红，大汗淋漓，一步一步地向前趟，走不了多远就得停下来歇息一阵。遇到坡陡的地方，就需要更多的人来帮忙，前拉后推，喊成一片，直闹得黄土飞扬，人声鼎沸。

谁也闹不明白，高曼的箱子里到底放了什么东西，衣服被褥，不会有这般沉重，要是票子，那得把银行搬家才行，想必也不可能。到了村里，卸下箱子，人们顾不上揉搓红肿的肩膀，急着要解开心中的谜团，全村的男女老少也围了一圈儿，大家怀着好奇的心情，来看知青到底带来什么宝物。箱子终于打开了，里边的东西老乡们并不认识，知青们看了，也不禁吃惊，原来那箱子里别无他物，竟是一架钢琴。

这事像风一样地传开了，成为大大小小的会议和文件报告必谈的话题。钢琴是什么，是资产阶级生活方式的代表，接受贫下中农的再教育，用得着钢琴吗，居然把钢琴带到陕北来，明摆着就没想好好干活，说明这些洋学生受资产阶级思想毒害有多么深，从这一点来看，就证明伟大领袖关于“再教育”的指示多么英明和必要。

老乡们可没这么高的觉悟，他们很快就忘记了搬运钢琴时所付出的艰辛，只觉得这个形状有点像扬谷机的东西，还能发出一种美妙的叮叮咚咚的声音，和他们听惯了的唢呐与四胡不同，唢呐和四胡奏出的声音就像是本地人的秦腔，而钢琴声则像是从空中传来的，而且音量如此之大，能把窗户纸都震得直抖。他们看到高曼这样瘦弱的女子，双手在白色的片片上灵巧地跳动，那声音就像流水一般地往出淌。他们觉得高曼不是个一般的人，手上就能说话呢。

老乡们尊重有本事的人，他们认为让高曼这样的女子跟自己去受苦太可惜，便安排她到村里的小学校去教书，让她教娃儿们唱歌，好在那时有了钢琴伴唱《红灯记》，资产阶级的乐器也能为样板戏服务，再加上高曼还会弹些《东方红》、《南泥湾》之类的革命歌曲，那些挑眼的人也不好再说什么。革命的口号一个接一个地传下来，头头们忙着去落实新的任务，顾不上搭理高曼，风波慢慢地平息了下来，并被逐渐淡忘了。就这样，高曼带着自己的钢琴，在这个小山村里安顿了下来。

从这时起，小山村就经常会响起钢琴的声音，除了给孩子们伴奏，高曼在闲时还会弹奏自己喜欢的乐曲，比如《牧童短笛》和贝多芬的《致爱丽丝》《月光奏鸣曲》。虽然还在"文革"期间，弹奏这些被称作封资修的作品，在城里是要冒风险的，但在乡下，天高皇帝远，没人管你弹了什么，更没人去汇报。可以想象得到，这是一种多么奇特的感觉，在黄土高原的腹地，连公路都不通的偏僻山村，在近乎原始的农耕环境里，从磨盘羊圈谷场老槐树的中间，会飞出带有浓厚西洋色彩的乐声。尤其到了夜晚，高原上漆黑一团，万籁俱静，那琴声缓缓的，轻轻的，像雾一样地慢慢笼罩了全村，听得人像喝醉了酒，身上软软的，半天都不想动。

人们常说音乐不分国界，其实，音乐也不分城乡。对于没有接触过的东西，人们开始时会表现出疏远，但慢慢的，大家发现，高曼的手像是有魔力似的，无形中给这个村庄输入了一种看不见的东西，是什么，谁也说不清。反正如果哪天晚上高曼没有弹琴，第二天肯定会有人关切地问她，是不是病了。因为钢琴，这个不知名的小村庄也有了名，人们偶尔提到它，一时想不起它叫什么，便会脱口而出，就是有钢琴的那个村。

村上的孩子们喜欢高曼，这个北京来的女老师教会了他们许多外边人唱的歌，而且，有了那个叫钢琴的东西伴奏，他们的歌声变得好听起来，不再乱糟糟的。还有那帮女子，她们经常跑到高曼的窑洞里来，听她弹琴。这群平日里叽叽喳喳的疯丫头，一坐在钢琴边，就变得安静起来。有一次，高曼给她们弹《北风吹》，听着听着，一个叫四丫的女孩子，眼里淌出了泪水，继而突然嚎啕大哭，奔出门去，弄得高曼不知所措。问过之后高曼才知道，四丫的父母给她定了亲，不久就要出嫁了。四丫若按阳历算，刚满十三岁，城里的女孩子在这个年龄，还花骨朵儿似的被人捧着，而四丫，则被早早地结束童年，去和一个陌生的男人过日子。

高曼从没有遇到过这样的事，《北风吹》还能把人给听哭了，过去弹这首曲子，常常沉醉于它动听的旋律和浓郁的民歌风，可为什么四丫听了会如此的伤心，后来高曼又反复地弹这首曲子，渐渐明白，脱胎于《小白菜》的《北风吹》，尽管词和曲调有了变化，但骨子里那种凄凉哀怨的情调却是一脉相承的，况且，这本来就是一个没娘的女孩子在心底唱出的悲歌。四丫没有文化，也没看过《白毛女》，可四丫有伤心事，她若会唱歌，哼出的也许就是和小白菜一样的曲调。别人从《北风吹》中听出了欢快，四丫却听出了悲伤，谁能说她的感觉不对呢。好的音乐能够触动人的心弦，并不需要额外的解释。

“文革”和插队，使高曼远离了成为音乐家的梦想，她时常哀叹自己的命运，此刻她才感觉到，四丫们的命运，要比自己悲惨得多。四丫哭着出了嫁，以后高曼再弹《北风吹》，脑子里想的喜儿，就成了四丫的样子。

后来，高曼又多了一个支持者，那就是下放干部老金。老金在司法部门工作，却是出身于京剧世家，除了她之外，家里所有的人都吃梨园行的饭，其中还有名角，经常在大戏里露面的。老金虽不登台，可身浸世家，耳濡目染，自然唱得不错，而且还是地道的老旦。她下放到这个村子，碰到高曼和她的钢琴，真是喜出望外。老金几乎每天都要到高曼那里，用钢琴吊嗓，于是，《红灯记》里的李奶奶，《沙家浜》里的沙奶奶，就都跑到了这个小山村。

老乡们没有听过京剧，觉得新鲜，老金一唱，就围过来看。见高曼能用钢琴给戏伴奏，也动了试试的念头。他们不会唱外边的戏，只会道情，高曼便学着弹，慢慢的，竟也合了拍。这下更热闹了，钢琴曲，样板戏，民歌，道情，再加上课堂教学歌曲，高曼什么都弹，她的琴房，成了村里的娱乐站。高曼没有厌烦，只要能弹琴，不管弹什么，她都是高兴的。

我到高曼的琴房，就是老金引着去的。有一次在公社开会，休息时，大家哄着演节目。我唱了一段“提篮小卖拾煤渣”，老金听了说还行，但要帮我“抠抠”，会后，她便拉着我回了村。

高曼住在小学校边上的两间窑洞里，这窑洞不是打在土崖上，而是用石块垒起来的，一间是高曼的卧室兼备课室，另一间，就是她的琴房。

一般窑洞里光线都比较暗，可高曼的琴房却很明亮，窗棂上贴着雪白的麻纸，墙壁和拱顶都用细泥抹得光光的，还刷上了白灰。地面虽是土的，但扫得干干净净，没有一点浮尘。那架著名的钢琴就在窗前摆着，上面盖着绣了花边的台布。

这是一架德国产的立式钢琴，看起来已有些年头了，深褐色的琴身，边角的漆已经磨掉了，打开琴盖，键盘的颜色也有点发黄，脚下的踏板，却被磨得锃亮。旧虽旧，但从它一尘不染的样子，就可以看出主人对它的保养与呵护。

高曼高而瘦，梳一头齐耳根的短发，她言语不多，只会腼腆地笑。听了老金的介绍，坐下来，便弹起了唱腔的前奏。看来窑洞作琴房是合适的，拱顶拢音，显得饱满充盈。在钢琴的伴奏下，我觉得自己的音色好了许多，有些高音的地方没费力就上去了。那一天，老金教会了我这段唱的几个关键点，而我，也对高曼和她的钢琴有了更多的了解。

这架老钢琴，比高曼的岁数要大得多，听父母讲，那是他们家的邻居，在 1949 年离开大陆的时候，以极低的价格卖给他们的。高曼的父母都在大学里教书，虽然不是从事音乐专业，但还会弹一些简单的乐曲。高曼却有着比父母更多的音乐细胞，听得多了，竟能用小手，在琴键上敲出自己会唱的曲子。父母惊异于她的天分，在她三岁的时候，就请来老师，对她进行正规的训练。

多数孩子在学琴的时候，都会感到单调与枯燥，而高曼却从未厌烦过，因为她自小体弱，好像心脏先天就有点什么毛病，不能和同龄的孩子们在外边瞎跑，因而少了很多的朋友，性格变得怯弱和孤僻。她只有经常待在家里，把情感倾诉在钢琴上。她的渴望，她的忧伤，都化作了音符流淌出来。她甚至觉得，那乐声并不是自己弹出来的，而是钢琴在与她说话。渐渐的，钢琴在高曼心里，已不是冷冰冰的乐器，而是一个有生命的伙伴。

在“文革”中，高曼同样没能摆脱插队的命运，虽然她身体有病。她执意要把钢琴带走，谁劝都不听。父母了解她的心，便请了运输社的师傅，把钢琴装了箱，捆扎得结结实实，运到了车站。

插队的第四年，老金调回北京了。她没有忘记高曼，回京之后，她多方疏通关系，终于为高曼办理了病退的手续。

高曼临走之前，公社的中学找到她商量，看能不能把钢琴留下来，给孩子们上音乐课用，还说学校没有多少钱，只能意思一下。

高曼起初感到很为难，她并没有想到钱的问题，这架老钢琴，伴随了她二十几年的风风雨雨，已经成为她生命的组成部分。小的时候，钢琴就像她的保姆，任凭高曼在它身上爬上爬下，在琴键上和它对话，把她引入音乐之门。插队了，钢琴又陪着她远涉千里，在艰苦寂寞的环境中，慰藉她的心灵，使她的插队生涯，变得不那么单调苦涩。高曼怎么舍得离开它，更不要说把它卖掉。

但在思来想去之后，高曼还是决定，把钢琴送给公社中学。因为她教的许多小学生，已经升入了这所学校，虽然她即将离开农村，但还想让这些孩子继续在钢琴的伴奏下唱歌。那些孩子，个个长得漂亮，聪明可爱，唱起歌来嗓音纯净透亮，如果有条件培养，出几个歌手还真不一定，高曼希望四丫的命运不要在他们身上重演。

那天，中学找了一辆手扶拖拉机来拉琴。在此之前，高曼已经把琴细细地擦了一遍，又把炕上铺的棉毯取出来，裁成了几块，把钢琴的边边角角都裹了起来，用绳子扎结实了，才让人们小心地抬上了拖拉机。那个小小的拖斗放下个钢琴就坐不下人了，高曼和几个教师就站在边上，用手扶住钢琴。拖拉机在颠簸的山路上慢慢地开着，高曼面无表情，只是用手死死地拉住绳子。

学校早就安排了一间窑洞，专门放置钢琴，高曼仔细地查看了地面，指挥老师们把钢琴放好，打开琴盖，试了试音，向接手的音乐老师叮嘱了一番，便起身告辞。

校长提出用拖拉机把高曼送回去，她借口还要到公社买东西拒绝了。她在老师们的感谢声中走出了学校，一个人登上了对面的山坡。她悄悄地在这里坐了很久，看着脚下的学校，看着放钢琴的那间窑洞，禁不住眼里流下泪来。她不知道这一走，今生今世还有没有机会回来，而她的钢琴，则要永远地留在这里。她有点后悔和内疚，就像自己背叛了一位好友。当年她固执地要把钢琴带来，陪着自己渡过了艰难的岁月，却没有让它一同返回北京。

高曼走了，再也没回来，那架钢琴用了几年，也渐渐地坏了，山里没人修，只能扔在那里，时间一长，竟然找不到了。只有高曼教过的学生们还记得，在他们小的时候，曾在钢琴的伴奏下唱过歌。

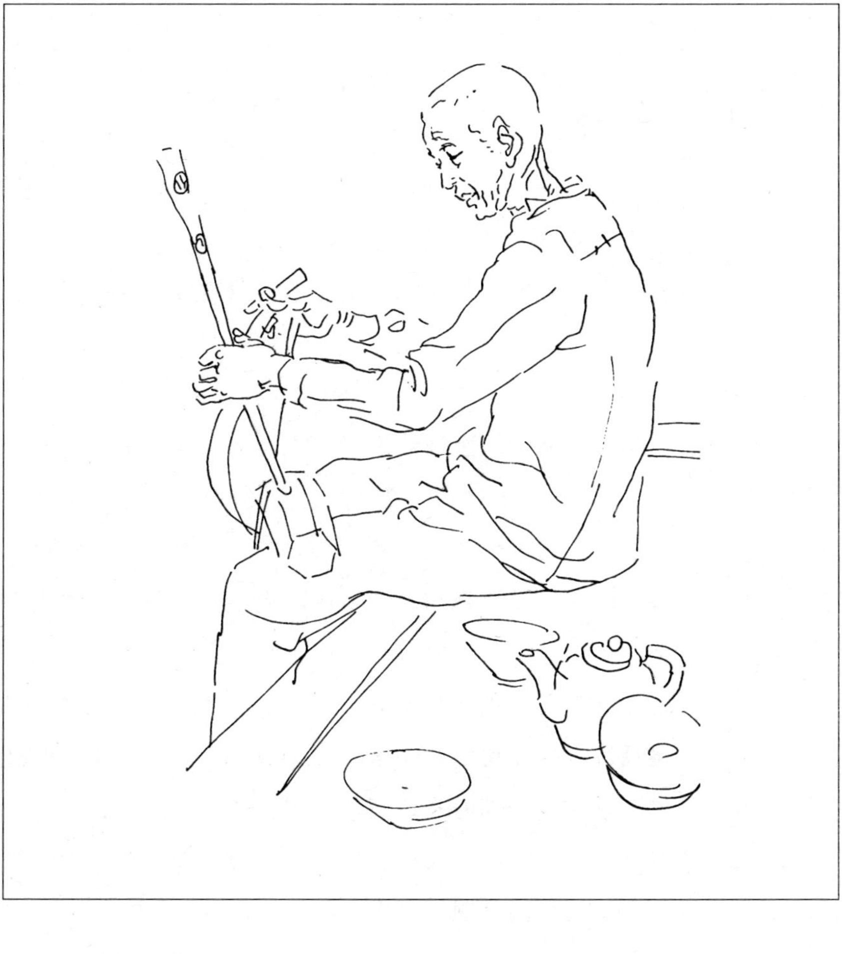

“文革”遗技

我要说的这个东西，五十岁上下的人可能都见过，尤其是搞过宣传的人，想必还都用过它，这就是油印机。在电脑出现之前，它是各个部门打文件报材料传递信息发布通知乃至制作饭票最主要的工具。

“文革”的时候，我混在学校一派组织的宣传组里，每日的工作就是出版油印小报。别看这小报简陋，要办好它，没点真功夫还不成。先说刻蜡版，你首先得会写一手漂亮的板书字，横平竖直，大小一致。在钢板上刻字，与在纸上写感觉是不同的，蜡纸薄，铁笔尖，钢板硬，所以用力要均衡，力小了刻不透，力大就破了。好在编辑部的几位同学，都是学过书画的，这些技术难点，对于我们来说，简直是小菜一碟，那美术字刻的，比报上的印刷体都漂亮。

我们的小报上，每期都有套红的主席像和宣传画，刻画比刻字更难，那大面积的黑，需要慢慢去磨它，既不能破，也不能留一丝的白，不规则的边缘线，要刻得齐整又柔和。经过多次实践，我们不但能刻木刻效果，也能刻素描效果。可以说，刻蜡版的手艺，几乎被我们玩到家了。蜡纸刻好了，就要上机印，这道工序的关键是调油墨。我们掌握好了油墨和汽油的比例，常常是第一次就成功，不废片纸。

到了插队的时候，还惦记着到乡下去宣传毛泽东思想，便把学校的油印机、钢板、铁笔、蜡纸卷了全套，偷偷打入了行李，带到陕北的村里。

谁知贫下中农根本不吃这一套，人家大报都不看，更何况你这小报。初下乡时倒办过二期，贴在村口上无人理睬，也就没了兴趣。再加上每天干活累得要死，哪还有精力去玩弄这个活计，况且农村也找不来纸，便把这油印机丢在寒窑里，再没用过，时间一长，想都想不起来了。直到有一天，又把它重新派上了用场。此事当年不敢说，现在事过境迁，不会被追究责任，但说无妨。

插队到第三年，知青们开始陆陆续续离开农村，有上学的，有被招了工的，剩下的可都着了急，纷纷自找门路。家里和部队有关系的，把孩子送去当兵。在单位说得上话的，把孩子调到干校。还有的知青，突然就不见了踪影，隔了一段才听说，是北京来了人，拿着首长的条子，悄悄给接走了。再不济的，也能把孩子转到经济条件比较好的地区，虽说也是插队，但起码交通方便，吃喝也不用愁。

什么事都怕比，大家是一块儿来的，热热闹闹，日子再苦，也能往下熬。如今伙伴们纷纷离去，送走一个，留下的人总要难受半个月。走的念头就像憋急了一泡尿，憋得人坐都坐不住。那些家里没权力没路子的，指望不上，就得靠自己想办法。于是，很多人就想到了办病退。可那时年轻力壮，身体跟牛犊子似的，远无病史，近无现行，医院的设备也不是摆设，哪能你说什么人家就认什么。俗话说没什么别没钱，有什么别有病，可这个时候，你要是真有个什么病，反倒遭人羡慕。

人们为了能够开出病退证明，也是八仙过海，想尽了手段。比如量体温之前，先灌一肚子热水，不管低烧高烧，比正常体温高就行。有的干脆胳肢窝里就夹个热水袋，体温计一插，还不到五分钟，那温度高的，大夫看了都害怕。还有的几十里山路跑着去，坐到医生面前已是上气不接下气，马上让大夫测心跳和脉搏，要是正常才见鬼了。更有那鲁的，使出绝的手段，大夫问，你哪儿不舒服，他回答是腰，大夫给他检查，伸手一摸，腰上别着个硬东西，圆把薄刃，竟是一把菜刀。大夫二话不说，坐下就把证明给开了。不是大夫立场不坚定，你看那小伙子眼都红了，为这事挨上一下子，实在是不值得。

当然动刀的只是极个别，大多数人都采取了和大夫套瓷的办法，后来风靡全国医疗界的拿红包，可能就是起源于这个时候。

我们队剩下的几个知青都是文人，那些个手段是使不出来的，要说人有了专业技能，什么时候都不吃亏，武的咱不会，就来文的。现成的手艺，为何不用。那病退证明不就是一张纸吗，都是印好的现成格式，咱到医院里去顺几张就行。至于病历，照着别人的抄，什么肝炎肺炎心律不齐，血压高关节炎，什么管用咱填什么，关键就是那枚章子，只要盖上它，狗爪子划上的印儿都算数。

说起模仿图章，那是我们在刻印小报时发明的一项副产品，在“文革”中用过多次。那时很多组织都有宣传队，经常搞什么演出。门票多是油印的，盖上章子就发行。我们如果没票就仿制，找一张真票，放在蜡纸下面，量好尺寸，就开始仿刻。票面仿制并不难，无非就是几行字，图章得费点劲儿，把它照原样描下来，然后像刻宣传画那样一点点地刻，刻好了，取一团棉花，蘸上红印油，把蜡纸复在票上，轻轻一擦，一枚逼真的章样就印上去了。我们用自制的门票混入过多场演出，无一失手。

队里这时只剩了三个知青，大宇他爸是右派，自然上学招工都没他的份儿。黄毛他妈在街道作坊糊纸盒，二强家也是无权无势，三人走投无路，就想起了“文革”时我们玩过的这点技巧。

要说混几张票算不得什么原则问题，可要假造病退证明就不是小事。闹不好甭说北京回不成，还有可能被抓起来。三个人击掌为誓，要守口如瓶，绝对不能让第四个人知道。然后就进行了分工，大宇字好，负责刻印和填写证明，黄毛手快，派他到县医院去偷单子。二强的同学已办好了证明，让他去借来一用。

商议已定，各人分头行事。大宇去找油印机，他在寒窑里搬开了三个粮食囤，移走了五百斤玉米之后，终于发现了装着油印机的木箱。打开一看，居然一样不缺，完好无损，钢板没有生锈，铁笔照常能用。

一切准备齐全，三个人接下来要做的事，今天听起来都可笑，就是选病。那时我们每个知青户都有一本《赤脚医生手册》，几个人翻了半晌，各自选了一个。二强选的是腰椎间盘突出，大宇文气点，选的病也不一般，叫房性心颤。黄毛开始选的是痔疮，众人嫌恶心，给骂了回去，又改成了风湿性关节炎。然后从书上列的症状里挑上几条，由大宇仿着医生们惯用的龙飞凤舞的笔道往表上填。

在蜡纸上刻那枚章子，花了大宇几乎一天的时间，毕竟三年没刻，手硬得不行，前两个都刻坏了，到第三个才找到了感觉，终于成功。

大家睁大了眼睛，屏住呼吸，看着大宇把蜡纸复在证明上，用棉球蘸了印油轻轻地擦。擦完了，大宇将蜡纸慢慢地揭起，一枚红红的印章赫然出现在证明的下方。大家拿着这份自制的证明仔细观瞧，觉得看不出什么破绽，那枚章子就像是随意盖上去的，用力不够，油也不足，有的地方留有空白，给人一种纸张粗糙的感觉。大宇说，这样才真实，否则，刻得越多，漏洞也就越多。

三张证明制作完毕，大宇把那张蜡纸，一把火烧了。

大家把证明小心地收了起来，完成了这一件大事，几人却如心怀鬼胎，忐忑不安。他们在校时都是老实学生，从未干过违法的事，这证明能带来什么后果，是凶是吉，谁也不知道。可现实的困境，又使得他们不得不走这一步险棋。

可能是天意怜幽草吧，他们一路过关斩将，竟把事儿顺利地办成了。知青办的人把那证明只瞥了一眼，就丢在旁边，简单问了几句，低头就办手续。我想管事的人心里也清楚，那么多的知青办病退，有几个是真的，何必那么较真。这假证明未必做得天衣无缝，还是人家手下留情，想积德罢了。

事情过了三十年，老同学聚会，闲谈中聊起此事，我才知道。想不到“文革”中打派仗练出的本事，还能在关键的时候发挥点作用。知识改变命运，这话的确有道理，不服不行。

英雄不问出处，如今大宇在美国，念完了博士当教授。二强自己开公司当老总，听说买卖做得还不错。黄毛在某部门工作，已混上处长了，在下属面前，也是人模狗样的。不过这三人提起当年事，还是心有余悸，轻松不起来，因为二强现在时时腰疼，黄毛腿脚也不利索，大宇呢？随身带着硝酸甘油片。凡事皆有因有果，谁知道这是不是假证明惹出的祸呢？看来话是不能随便说的。

七月二十二日